LES SOUFFRANCES DU JEUNE VER DE TERRE

DU MÊME AUTEUR

Ezzelina, Arléa, 1986.
Insula Batavorum, Arléa, 1989.
Le Massacre de Pantin ou l'Affaire Troppmann, Fleuve noir, 1994.
Éloge de la vache folle, Fleuve noir, 1996.
Livre XIX, Verticales, 1997.
Enfilades, Verticales, 1998.
Tout son sang brûlant, La Pionnière, 2000.
Chair électrique, Verticales, 2003.
Bunker anatomie, Verticales, 2004.
Black Box Beatles, Naïve, 2007.
Madman Bovary, Verticales, 2008 ; Babel nº 1048.
Le Clavier cannibale, Inculte, 2009.
Mille milliards de milieux, Le Bec en l'air (avec des photos de Michel Denancé), 2010.
CosmoZ, Actes Sud, 2010 ; Babel nº 1202.
Plonger les mains dans l'acide, Inculte, 2011.
Tous les diamants du ciel, Actes Sud, 2012.
Cannibale lecteur, Inculte, 2014.

Ce roman est paru une première fois en 1996
aux éditions Fleuve noir sous le titre *Éloge de la vache folle*.

ISBN 978-2-330-02699-8

CLARO

LES SOUFFRANCES DU JEUNE VER DE TERRE

roman

BABEL NOIR

à l'envoleuse

C'est peut-être ça qu'on cherche à travers la vie, rien que cela, le plus grand chagrin possible pour devenir soi-même avant de mourir.

L.-F. Céline

PREMIÈRE PARTIE

1

Comme bien souvent dans mon métier, c'est écrit et ça sent mauvais. Écœuré, je repousse le jeu d'épreuves et, les yeux toujours fixés sur les lignes dansantes, je tâtonne sur mon bureau à la recherche de Killing Joe – Killing Joe, c'est mon feutre rouge, mon frère de sang au long fuselage, le Grand Rectificateur dont je ne me sépare jamais. Son capuchon cède dans un joyeux crissement et c'est avec une jubilation quasi chirurgicale que je zèbre, d'une froide cicatrice, l'affligeante coquille laissée par l'auteur de *Manager dans la joie*. En parcourant la préface de cet essai, on apprend, entre autres choses, que *"c'est en gérant sa posture que le décideur parviendra à optimiser le rendement humain au niveau présalarial et faire en sorte que le paradigme opérateur du non-faire soit contré par l'impact décisionnel du savoir-obéir"*.

Or c'est cette prose putrescible que je dois corriger, alors de grâce, arrêtez de m'imaginer vautré sur mon lit, un verre d'yquem à la main, un Davidoff au bec et un concerto de Rachmaninov sur la platine. Constat numéro un : j'en suis réduit à gagner ma vie. Constat numéro deux : ça ou crever…

Mais tu causes, tu causes, Frédéric Léger, et tes épreuves s'impatientent…

Un livre pas encore livre, une liasse de feuilles aplatie comme un lapin disséqué. Et dans ce non-livre, des fautes à traquer, des italiques penchés comme des gondoles sous la tramontane qu'il faut redresser tels des Romains à l'heure de la parade, des capitales naines qu'il convient de majusculer, des corps gras qu'il va falloir faire jeûner, des corps maigres qu'on doit engraisser.

Précisons que ces crasses justifications salariales, je dois les rendre au plus tard… demain !

Demain ?

*

Demain ! Je vomirais si j'avais le courage de mes idéaux. En attendant je pense aux rives du Potomac, aux dômes cuivrés de la lointaine Kouïbychev, au rire de Stravinski, à la déprime qui me pilonne. Quelle heure ici-bas ? La grande aiguille s'apprête à faire des minutes dans le dos de la petite qui croyait la jouer horizontale et, bien sûr, c'est la panne de cigarettes. Après six mois de désintoxication sentimentale, avouez que ce genre de déconvenue peut être fatale. Mais la perspective de courir la ville pour trouver un tabac m'excite autant que la promesse de rapports humains équilibrés. J'aime ma vie telle qu'elle est, sa lourdeur marécageuse, sa vanité factice. Seul au monde ? Non : trente-cinq balais. Et déjà un souffle au cœur pour ventiler en cas de surchauffe.

À vrai dire, je n'ai pas toujours cru à la pénombre de l'âme. Enfant, je collectionnais les étonnements et les boîtes d'allumettes. Je voulais être pyromane, ou pompier, je ne sais plus. Enfin, quelque chose qui pétille. Plus tard, avec l'adolescence, j'ai pris goût à la vase, mais relevée d'un soupçon de perversité. Je ricanais facilement – j'en ai gardé des fossettes en forme d'ongles rongés. Après ça, j'ai dû confondre responsabilités et compromis, quelque chose dans ce genre, et les jours et les nuits m'ont tranquillement rahoté la conscience jusqu'à ce quc jc me retrouve la gueule collée au miroir, plus drôle du tout, plus vieux et aussi moche. Le même modèle mais vu par un peintre en bâtiment.

*

11 h 05… Il me reste encore quatre-vingt-neuf pages à écoper et, ostensiblement, l'auteur, l'éditeur et l'imprimeur ont dû fêter ensemble quelque réforme de l'orthographe inconnue de nous autres, les travailleurs de l'ombrc, lcs fossoyeurs d'alinéa, les bourreaux de la virgule, les sodomiseurs de muscidés, les… les payés-au-signc.

Je vous vois sourire. “Fumiste”, marmonnez-vous entre vos lèvres asséchées par le poussier que vous respirez quinze heures par jour au fond de la mine où, certainement, vous trimez depuis que vos parents sont morts dans un accident de voiture, ne laissant à vous et à vos quinze frères et sœurs que des dettes, le vieux canapé pissenlit et la photo de tante Jacqueline en train de faire du manège à la Foire du Trône.

Rassurez-vous : moi aussi, il m'arrive de creuser des galeries et de jouer les taupes affamées. Il m'est même arrivé une fois de trouver un diamant. Dommage qu'il soit resté coincé dans ma gorge.

*

Minuit pointu. La cloche de l'église Sainte-Dominique sonne trois coups, vibre un instant, comme repentante, ou carrément bourrée. Le quatrième coup est si aigrelet qu'on a envie d'adopter le bedeau.

Et puis, je ne vous apprends rien, on est en avril. C'est le mois de la mort lente. Le beau fixe, cette supercherie qu'on guette comme une carte postale insuffisamment timbrée, se fait on ne peut plus prier, voire désirer, ça en devient un fantasme d'ado, une robe claire et légère qui refuse de glisser de son cintre. Cet après-midi, les tables des cafés s'entrechoquaient derrière leurs vitres articulées, les bâches vertes des épiciers arabes palpitaient comme des tentes de Bédouin, les pare-brise des cars de touristes se changeaient lentement en miroirs fondus.

Je sais. Il me faudrait un grand coup de soleil, un bon vieux ciel bleu sans couture ni revers, de la brave esbroufe météorologique pour oublier ma franche incurie, mon cœur qui piaffe et tout ce qui, accumulé dans ma tête, me fait office de noir compost mental.

Un coup d'œil à la fenêtre. La voisine d'en face – l'épaule large, constellée de son, la nuque fraîche, le dos continental, la fesse rythmique – se sèche les cheveux en fredonnant.

Un camion-poubelle rugit à quelques rues d'ici et un clochard, indisposé par lui-même en particulier et le XXᵉ siècle en général, se met à gueuler qu'il est temps d'ouvrir les vannes du Grand Cauchemar. En termes de facéties, j'ai connu pire.

*

J'ai hésité avant de composer son numéro. Je savais pourtant que le sommeil ne l'avait pas encore avalée. C'est le genre de femme qui rentre ponctuellement à pas d'heure et ne se couche qu'en désespoir de cause. Elle arrose d'abord ses plantes (elle a lu quelque part que les plantes doivent s'arroser la nuit). Puis elle se lave les cheveux (elle a lu quelque part que les cheveux apprécient les rinçages nocturnes). Après, elle voit venir. Ça dépend de l'amant ou du film de fin de soirée.

À la troisième sonnerie, Agnès a décroché. Elle a reconnu mon silence de fumeur professionnel, cette impossibilité congénitale à dire *allô* comme tout un chacun dès lors que j'ai un de ces odieux crustacés en main. Je lui ai expliqué avec tact et veulerie la Berezina dans laquelle je m'étais fourvoyé.

Elle a soupiré et j'ai cru entendre le bruit d'un arrosoir miniature qu'on laisse tomber de très haut sur une moquette vert pomme, un bruit fort doux aussitôt suivi du chuintement de quelques gouttes répandues que boit goulûment mais proprement le poil en acrylique. De la musique pour lilliputien sentimental.

— Entendu, lâche-t-elle enfin. J'arrive, mais c'est pas parce que c'est toi.

— D'accord, mais j'y serai quand même.
— Tu fais de l'humour, à présent, Fred ?
— Sans y toucher, Agnès, sans y toucher…
Clic. Tut tut tut tut tut.
Au jeu du téléphone-crochet, je gagne rarement.

*

Trois quarts d'heure plus tard, les pas rageurs d'Agnès résonnent dans la cage d'escalier. J'ai laissé la porte entrouverte et elle entre sans frapper. Oui, elle veut bien du café. Non, elle ne prend toujours pas de sucre. Oui, je devrais le savoir. Non, elle n'est pas énervée.

Tant mieux.

J'essaie de me convaincre que je suis manchot et unijambiste, histoire de ne pas me précipiter vers elle pour la serrer dans mes bras. De toute façon, même si j'étais infirme, elle me repousserait. Oh, très gentiment, de l'air d'une végétarienne qui fait comprendre au maître d'hôtel que sa bavette à l'échalote est trop cuite et que, finalement, elle n'a plus faim. Ou peut-être qu'elle se mettrait à pleurer et trembler et cogner. Je n'aurais, alors, plus qu'à prier le saint patron des mal suicidés pour qu'elle accepte de me revoir avant mes funérailles.

Le café gonfle en roucoulant dans le filtre, l'eau calcaire se change en marc odorant. C'est gagné. Agnès va et vient dans mon studio, dessine des virgules dans la poussière des étagères, repousse du pied une pile de livres. Puis me caresse l'épaule, façon palme agitée par la brise, et tout mon être se fragmente au ralenti avant de se recomposer au petit bonheur la chance. C'est le stade ultime de la passion : un frôlement, et vous voilà reparti pour dix ans de regrets.

Quelques minutes plus tard, assis côte à côte, nous collationnons. Chaque réplique claque comme un fouet de lumière dans ce qui est, il faut bien l'avouer, un dialogue de sourds. Un rosaire dénué de sens me relie à Agnès tandis que d'une main pâle elle rejette derrière son oreille gauche la mèche blonde qu'elle mordillait depuis un quart d'heure. Pâle, gauche, blonde, c'est tout elle, ça.

Mon cafard s'allège d'un micron. Mais Agnès se moque bien de mes humeurs fluctuantes, elle est loin, très loin, dans un monde d'étoffes moirées où son reflet n'existe plus qu'en négatif. Un théâtre d'ombres où elle joue les reines mortes, les déesses alitées, les princesses sans petit pois. Avec succès, paraît-il.

Un peu d'histoire : *Agnès Marzeau (1965 – ?), comédienne désabusée, d'une beauté stupéfiante, divorcée de Frédéric Léger (1961 – ?), correcteur et négociant en pathos.*

Nous avons vécu ensemble trois ans deux mois douze jours et trois heures.

Les trois dernières furent particulièrement atroces. Nous nous sommes séparés un 19 février. C'est désormais, avec Noël, le jour que je hais le plus au monde. En général, il vaut mieux éviter d'essayer de me faire rire le 20 février : j'ai l'air d'avaler des lames de rasoir. Quant au 24 décembre, je cesse d'exister, je suis un chenet dans une cheminée froide, un morceau de viande sur le carrelage de la cuisine – un homme qui chiale.

*

Sainte-Dominique s'est tue. Le clochard a dû trouver refuge dans le square, les éboueurs ont fini leur chasse au trésor. Agnès lit, tord le sourcil, bâille aux commissures, et je me dis qu'au milieu de tous ces mots arides qui défilent sous ses yeux coulent les lettres avec lesquelles on peut forger le mot *amour*. Mais si. Ne prenez pas cet air affligé. Prenez plutôt un *a* dans Performance, un *m* dans Manifestations de l'angoisse, un *o* dans Organisation, un *u* dans Urbanisme, et pour le *r*, vous trouverez bien. Les mots sont pleins d'*r*, vous les sentez passer, ils vous laissent dans la bouche un goût de sang et ricochent dans les caves de votre cœur. Un bruit de cadavre qu'on renverse en ricanant. Comptez, ça en fait déjà cinq rien que dans la phrase précédente. Un record, non ?

*

Les cernes ont poussé sous nos yeux rougis. La voix d'Agnès se délite souvent. Elle soupire en croisant et décroisant les jambes, mouvement grâce auquel mon âme s'élève et s'effondre alternativement sans jamais trouver le repos. Il faut dire que je suis fait d'un alliage particulier, à base de boue, de gravier, de cœurs d'artichaut et de ficelles de rôti. Un vrai arcimboldo de pacotille. En voulant saisir le missel orthographique, ma main effleure son avant-bras gauche, celui où le poil blond a mal repoussé autour de la cicatrice.

Agnès se tourne vers moi. Ses yeux sont vert émeraude. Vert ne s'accorde pas avec yeux mais avec émeraude et se met donc au singulier. Son regard ainsi parfaitement accordé m'oblige à baisser le mien. Lâche, tu es lâche, Frédéric. Oui, mais il y a entre nous un enfant mort. Au singulier. Définitivement.

*

7h07. Sans motif valable, le réveil tousse, s'esclaffe, brame, puis bredouille et rote. Saleté capitaliste. Nous le regardons sans rien dire, les nerfs massicotés. Finalement Agnès déplie son bras droit et, du bout de l'index, renverse l'engin. Qui couine pour la forme. Je porte ma main à mon front et y sens une ride provisoire qui va encore me jouer les prolongations. Fin de la collation. Bilan net et définitif : quatre-vingt-huit coquilles. Un véritable festin, presque un cent de cagouilles. Killing Joe a rendu son âme éphémère. Nous allons nous allonger sur le lit en évitant de faire du bruit, histoire de ne pas réveiller la gêne ou le souvenir. Couchés sur le dos, nos épaules ne se touchent même pas. On peut distinguer au plafond une tache, le visage approximatif de Raimu ou de Liz Taylor, à moins qu'il ne s'agisse d'une carte du Brésil sur laquelle se serait posé un crabe.

Le sommeil nous ravit à nous-mêmes. Nos rêves respectifs se boudent sans se réfléchir, nos corps laissent entre eux une froide ruelle d'incompréhension. À un certain moment, je crois entendre Agnès murmurer un prénom qui n'est pas le mien. Grand mal lui fasse. Puis c'est le trou noir, la mort singée. L'avenir du couple, quoi. Je me réveille à dix heures vingt-trois. Elle est partie. Il me reste vingt-sept secondes pour apporter mes épreuves corrigées aux éditions de la Convivialité Transactionnelle Interprenariale.

Et pour trouver une raison de vivre qui ne ressemble pas à une poupée en porcelaine jetée du haut de la Tour Eiffel.

2

Ne cherchez pas les éditions de la CTI dans l'annuaire des éditeurs, elles sont trop récentes pour y figurer. Et il n'est pas certain qu'elles y entreront l'an prochain. Fondées en janvier de cette année par un ancien chef d'entreprise – célèbre en son temps pour ses prises de position en faveur des primes patronales à caractère rétributif –, elles ont défini de la façon suivante leur politique éditoriale : "Nous souhaitons publier une dizaine d'ouvrages par an, de préférence des essais, axés essentiellement sur des sujets d'actualité encore présents à l'esprit du public salarié mais dont l'importance touche aux fondements durables de notre société post-tertiaire. La parole sera donnée prioritairement à des auteurs confirmés, coachologues, timeurs, transacteurs. Notre seule ambition est de nous imposer sans déranger, au gré des débats qui motivent le paysage médiatique français."

Cette prose est signée M. Vergegen. Desmond Vergegen. Cinquante-quatre ans, marié, trois enfants, une Testarossa. Signes particuliers : aime la littérature *new age* et la cuisine néovégétalienne, fait la différence entre les deux. Des sourcils en forme de pagode. Le nez viticole. La lippe lippue. Le menton aussi répugnant qu'un vieux gorgonzola.

M. Vergegen a lui-même publié aux éditions de la Convivialité Transactionnelle Interprenariale un sec mais trépidant essai que j'ai parcouru pour réussir mon entretien d'embauche. On y trouve des perles du style : "Désormais, dans une France compartimentée et livrée aux soucis de tous ordres, la bataille laborieuse du travail ne peut être emportée et gagnée que par des décideurs qui auront compris la nécessité de la lutte sur le plan professionnel."

Je garde un souvenir exquis de mon entretien d'embauche. M. Vergegen est, *dixit* lui-même, un recruteur-né, ce qui signifie probablement qu'il est né over-performant dans une époque de timing trop short. Le pitre. Il m'a demandé quels étaient mes chiffres fétiches et si je préférais le rouge au vert. Il a voulu également que je lui raconte mon dernier rêve, *à condition qu'il soit représentatif d'un certain état mental à composantes structurelles positives.*

Comme je garde la numérologie pour le loto de mon beau-frère, que ma couleur préférée est le gris de Davy, et que j'avais rêvé que j'assommais le basset de ma concierge avec un vieil exemplaire de *Minute*, j'ai marqué un temps d'hésitation que M. Vergegen a pris pour de la concentration.

Je ne m'en suis pas trop mal tiré. J'ai dit au hasard le 7, le 77, le 2, le rouge *et* le vert à proportions égales, je gravissais une montagne immense sans jamais me décourager et finalement j'arrivais au sommet porté par une foi inébranlable en mes capacités. Ça lui a plu. Surtout le coup de la montagne.

Il m'a dit que j'avais des ressources nitcheyennes. Puis il m'a demandé s'il pouvait m'appeler Edme et m'a promis qu'il m'augmenterait dès que j'aurais fait mes preuves.

Je ne suis pas très chipoteur sur les prénoms et sa promesse m'a paru sincère. Je n'ai pas osé jouer les marchands de tapis, le genre hargneux qui croit opportun de rappeler que tout travail mérite salaire et tout salaire augmentation. Pas mon style. Je suis plutôt du genre à sourire niaisement et à dire : ce n'est pas grave, vous me paierez quand vous le pourrez, rien ne presse, vous savez bien que crédit pas mort, de toute façon je bouffe mes sicav.

Il m'a alors fait visiter les *locaux*, m'a présenté au *staff*, et pour finir m'a glissé dans la poche une douzaine de jetons destinés à faire couiner, pétarader, suinter et crachoter une machine censée produire une tisane revigorante à base d'oligoéléments. Mon premier pot-de-vin macrobiotique, à moi qui n'aime que le serré-sans-sucre.

J'ai cru pendant un quart de seconde que la promotion sociale était un jeu de rôles et que, passé l'étape de la grotte enchantée (le distributeur) et celle de l'ogre Bouroubou (la comptabilité), j'arriverais bien vite à l'Île Fortunée. *Le Job Dont Vous Êtes Le Héros*.

Avant de retourner à son briefing, Desmond Vergegen a posé sa main droite sur mon épaule gauche, levé l'index de sa patte senestre et déclaré sans quitter des yeux mon oreille dextre, preuve qu'au niveau psychomoteur il était au moins ceinture noire : "Jeune homme, on a raison de se révolter, mais il ne faut pas que ça nuise au rendement.” Il faisait sans doute allusion à ma cravate fantaisie (on voit un perroquet en train de grimper à un arbre : un vrai délire gauchiste).

Je dus le convaincre que cet écart vestimentaire n’était pas dû à l’ingestion de quelque psychotrope. Je lui assurai que pour moi Timothy Leary et Charles Manson ne faisaient qu’un et lui expliquai sans lui en remontrer que le coefficient de ma bonne volonté était proportionnellement inverse à celui de ma générosité symbiotique. Je compris que j’avais touché un point sensible. Hormis le fait qu’il crut que Leary & Manson était une boîte de décideurs, il apprécia ma franchise, qu’il qualifia avec bonhomie d’“intégrationnelle”.

Il ne me restait plus qu’à acheter une pince-monseigneur et à m’attaquer à la grille des salaires si je ne voulais pas crever de faim avant l’hiver.

*

Je faillis décevoir Desmond Vergegen à plusieurs reprises. La première fois quand il me demanda quel créneau porteur vectorisait l’organe médiatique nommé “Le Foulard Noir” – reconnaissons-le, j’avais un peu gonflé mon cévé. Il m’était difficile de lui répondre que ce torchon ronéotypé à quarante-sept exemplaires prônait la décapitation des forces occultes du patronat et le démantèlement musclé des pantins syndicaux, suite à une réflexion anarcho-fouriériste à tendance j’m’enfoutiste à laquelle j’avais apporté mon bref mais aviné soutien lors d'une réunion de cellule ultra-secrète au bar PMU La Joyeuse Descente.

Je dus donc broder. Et lui brosser le portrait d'un organe de presse vigoureux, versé dans la stigmatisation des lenteurs administratives et la revalorisation des valeurs synergiques. Il hocha la tête d'un air dubitato-admiratif.

Il fallut bientôt se mettre à l'ouvrage. N'ayant jamais corrigé un seul jeu d'épreuves de toute mon existence, je dus faire appel aux ressources insoupçonnées parce qu'enfouies du petit garçon qui aimait bien les dictées que lui faisait faire sa grand-mère.

C'est alors que la sinécure devint pensum, si vous voyez ce que je veux dire.

L'aventure n'était pas de tout repos. J'entrai souvent en conflit avec les dictionnaires.

Curieusement, ma médiocrité ne m'attira jamais de représailles salariales à la CTI. Il faut dire que la personne chargée du secrétariat ne brillait pas, elle non plus, par l'esprit de rigueur. Mirabelle Brunet, vingt-trois ans, ignorait absolument la raison de son embauche. Son bagage universitaire aurait tenu dans un dé à coudre pour poupée Barbie. Elle s'exprimait dans une langue dont la maturation phonétique laissait à désirer. Ainsi, elle disait parfois des choses du genre : "Je suis tallé hier au béachevé zacheter des bougies à l'encan." J'en aurais pleuré. Je l'interrogeai un jour sur les "circonstances de sa nomination à ce poste de haute responsabilité". C'est tout juste si elle comprit ma question. Enfin une lueur traversa ses magnifiques yeux jaunes bordés de cils synthétiques, elle bomba son torse bilobé au fuselage généreux, décroisa ses jambes aérobiquées et entrouvrit des lèvres aussi pulpeuses que le fruit du grenadier : “On m’a prise pour mon *avantage*.”

Je n’en sus pas plus. Seul M. Vergegen devait connaître, en son for intérieur, la saveur exacte de ce mystérieux avantage. Ce que semblait confirmer le fait que son for intérieur était souvent froissé quand Mirabelle quittait son bureau après quelques dictées aberrantes où les *z’ayez l’obligeance* rivalisaient avec les *n’hésitez pas t’à nous rappeler.*

*

À l’instant même où je composais le code activant l’ouverture des portes des éditions de la CTI, le battant béa comme le soufflet d’une forge, crachant une fleur de fille, un alizé ambré, bref une demoiselle dont la beauté me coupa le peu de souffle que mon régime tabagique m’octroyait au quotidien. Nos regards se croisèrent. Nos karmas s’épièrent. Cupidon se cura le nez sans sourciller. Je vis dans ses yeux la promesse d’oasis laiteuses et de molles langueurs. Mais elle se contenta de grimacer en me contournant. J’aurais pu l’aborder, mais à quoi bon ? Il était un peu tôt pour se faire traiter d’obsédé.

J’avalai les escaliers en laissant trois centimètres d’épiderme sur la rampe. Pauvre petit ramoneur, me disais-je. Tu serais capable de tomber amoureux d’une bergère. Ou d’un mouton, pour ce que ça t’avancerait.

Il était onze heures trente-deux lorsque je pénétrai dans le bureau de Mirabelle et onze heures quarante-sept lorsqu’elle abandonna la contemplation de ses ongles. Mais peut-on encore appeler *ongles* des lamelles plastifiées de sept centimètres de long peintes en mauve ?

Je déposai sur son bureau les épreuves corrigées de *Manager dans la joie*.

— Déjà ! s'écria-t-elle en faisant tinter le collier de trombones qu'elle s'était laborieusement confectionné dans la matinée.

Je m'appuyai au chambranle de la porte d'entrée. Il semblerait que les chambranles, entre autres choses, soient faits pour qu'on s'y appuie, voire qu'on s'y adosse. Les portes, pour qu'on les claque. Les moquettes, pour qu'on les foule. Et Mirabelle, pour qu'on l'étrangle.

Elle m'expliqua d'une voix acidulée (c'est sa voix du matin ; celle du soir est plutôt caramélisée) que j'avais encore trois jours pour parfaire ma sainte mission. Mes oreilles se mirent à bourdonner, ma langue devint pâteuse et je crus voir la pièce se retourner comme un immense sablier tandis que nous glissions, Mirabelle et moi, inévitablement entraînés vers l'étroit goulot de la folie.

— Tu veux dire, Mirabelle, que j'ai sacrifié mon droit le plus élémentaire au sommeil pour un texte que personne n'attendait aujourd'hui ? Est-ce cela que tu essaies de me faire comprendre ?

— Pas la peine de m'enturbanner dans ta pléthorique d'autodictate, Frédéric, tu m'as très bien réceptionnée.

De temps à autre son passé de standardiste à temps partiel et de lectrice de *L'Express* resurgissait comme un hélicoptère Huey-Cobra entre deux collines défoliées. La sagesse consistait alors à s'évaporer sans laisser de dépôt.

J'envisageai un repli salvateur. Si je commettais l'immense erreur de m'attarder, il était fort probable que Mirabelle me gratifierait d'une nouvelle mission, ce que je ne souhaitais pas particulièrement, ayant une dépression à peaufiner dans les plus brefs délais. Mes ambitions, on le voit, demeurent circonscrites au territoire du spleen, ce qui fait dire à mon ami Arnaud que je me vautre dans un carriérisme morbide.

Aussi est-ce à reculons, la respiration bloquée, que je dirigeai mes talons vers la porte par laquelle j'étais rentré et contre le chambranle de laquelle je m'étais appuyé. *A priori*, un sans-faute.

Mais ce même chambranle était à présent occupé, ainsi que je m'en rendis compte, non par le panneau boisé d'une porte, ce qui eût été concevable et logique, mais par la carrure débonnaire et hiérarchiquement supérieure de M. Vergegen lui-même.

L'ogre Desmond toussota dans un listing roulé en tube. Je sursautai et citai quelques saints oubliés.

— Ah, Edme, vous chutez bien. Itinérez dans mon bureau.

M. Vergegen est la Zazie du marketing.

*

Le bureau de mon employeur est un hybride de galerie d'art et de salle d'attente de dentiste. Les plus grands noms de la peinture ont ici droit de cité : Buffet, Trémois, Poulbot, Siudmak, et même

Paul Delvaux. Dans un coin, près de la fenêtre, il y a une sculpture en bronze très énigmatique. La femme de ménage qui travaille pour les éditions de la CTI s'en souvient encore. Elle a cru qu'il s'agissait d'une crotte de dinosaure fossilisée et a supplié M. Vergegen de la prêter une semaine à son fils qui fait médecine. M. Vergegen lui a expliqué très civilement qu'il s'agissait d'une représentation situationnelle des structures participatives à dominante relationnelle – vue par un artiste, bien sûr. Crise déceptive chez la femme de ménage, phase euphorique du fils carabin, épisode vexatoire dans le vécu de M. Vergegen… Depuis ce jour, on est prié de ne pas pouffer bêtement et ostensiblement quand on aperçoit la Chose-Sans-Nom.

J'entrai donc dans le saint des saints en prenant bien soin de pouffer intelligemment et discrètement, ce que je fais très bien, surtout quand je n'ai pioncé que trois heures.

— Edme, vous êtes un garçon à autonomie modérée mais compulsive, vous appréciez les comportements directifs et vous avez déjà prouvé à plusieurs reprises que vous saviez calibrer des objectifs.

Autrement dit, j'avais des chances de rouler à la sortie de l'usine. Comme quoi, Fred, il ne faut pas désespérer de toi-même, petite traction poussive.

— Le livre que je vais vous donner à corriger n'est pas tout à fait comme les autres.

Les autres ? Quels autres ? *La Chartreuse de Parme* ou *L'Autoformation multifonctionnelle ? La Chanson de Roland* ou *Apprendre à dominer son prochain par le salaire* ? Le distinguo, à notre époque, est devenu aussi rare que le fameux dodo décimé par les conquistadores. Au grenier, la dentelle. Au grenier, Frédéric !

— C'est de la dy-na-mi-te ! éructe l'*Homo salarius*.

Encore une pulsion nitchéique... J'en profitai pour m'asseoir et chiper un paquet de trombones qui traînait sur le bureau de Vergegen. Pas vu pas pris. Pas né pas mort, non plus. Quand vous n'existez pas vraiment, vos gestes vous échappent comme des asticots pressés de s'empaler sur l'hameçon de la réalité. Faut les laisser faire, ça soulage.

Mon employeur se dirigea vers la fenêtre, posa un coude sur l'étron paléolithique et se lança dans une longue tirade...

... que j'eus du mal à suivre du fond de ma léthargie. Tranquillement embastillé dans mon inconsistance, j'entendais des syllabes jouer à colin-maillard, je voyais des ombres se palper et s'épouiller, les minutes frétillaient, sottes et fugaces, les souvenirs aussi y allaient de leur petit rigodon, pour un peu j'aurais acheté quelques parts de nostalgie bien grasse et me serais bâfré jusqu'à m'en faire exploser la conscience. On aurait vu alors, tapissés sur les murs et le revêtement cuir des fauteuils, des esquilles de tendresse paternelle, des caillots de passion pas plus gros que des rognures d'ongles, et de longues traînées pâles de velléités littéraires. Beau spectacle pour amateurs avertis.

Je savais pourtant que j'aurais dû écouter l'autre crétin, mais c'était plus fort que moi. Je pensais à Agnès, aux guêpes qui n'avaient rien à lui envier, aux filles que j'avais courtisées toute ma vie à coups de neurones frileux, aux amis qui ne se mouchaient plus dans mes mains, au cercueil de trente centimètres léché par les flammes – et aussi à l'amazone entrevue une demi-heure plus tôt, ce mépris animal qui roulait sous sa peau, ce tumulte en moi mal négocié. Troque ta vie, Frédéric, et n'attends pas la monnaie.

— … vous comprendrez donc aisément que la plus grande rigueur est de prudence. Je compte sur vous, Edme.

Ma mine d'asperge ébouillantée dut passer pour une écoute optimale, car cette vieille branche de Desmond me raccompagna jusqu'à la porte en me glissant sous le bras une épaisse chemise marron et en me froissant les muscles de la nuque. En général, ces égarements paternalistes sont plutôt bon signe.

Assise à son bureau, les pieds sur l'imprimante elle aussi au repos, Mirabelle cherchait patiemment les résultats du loto dans *La Quinzaine littéraire*.

3

J'évitai la grande chenille berceuse du métropolitain et rentrai chez moi en Doc Marten's, au rythme des mégots propulsés dans les bouches d'égout. La poésie urbaine commence là où les cendriers disparaissent, quand l'asphalte se fait macadam et que la fumée s'en va taquiner les arbres abrutis par la tenace chlorophylle. Quand l'homme cancérigène salue librement la nature avachie dans sa verte autosuffisance. Tremblez, immondes optimistes, Léger arrive !

Comme je traversais le jardin du Luxembourg, j'aperçus l'ami Arnaud près du grand bassin, occupé à consoler une fillette dont le bateau jouait les *Exxon-Valdès*.

Arnaud Straus est beau garçon et, comble de malchance, journaliste. Spécialisé dans le décorticage des scandales politico-financiers. Et coureur de jupons comme d'autres dégustateurs de belons. Au seuil de sa carrière, en bon fils de Marianne, il attendait que ses aînés n'y soient plus pour y entrer. Il guettait avec l'avidité d'un Rastignac en Reebok le moment où les grandes têtes molles qu'il admirait cyniquement fileraient entre quatre planches de sapin rejoindre les mânes de Sartre et de Clavel. Il comprit très vite que les aînés en question tiraient les ficelles du gigot journalistique, cela pour un bon bout de temps, et qu'il lui fallait pour l'instant renoncer à installer son lit de camp sur le champ de bataille des clinquants éditos. Texto. Arnaud s'était donc reconverti dans la chronique fielleuse des petits ratés socio-mondains. Mais entre le goujon et le requin, tout le monde sait qu'il y a connivence, à défaut de cousinage. Aussi, à force d'éplucher les comptes secrets de sous-fifres à bretelles, de faire les poubelles d'entreprises en cessation de paiements, d'interroger les licenciés intempestifs, Arnaud remontait souvent jusqu'à des gabarits plus cotés qui sentaient le vigile diplômé à cent mètres, des patrons sur mesure qui bâtissaient leurs châteaux capitalistes avec des pierres socialistes, ou le contraire, toutes sortes de pitoyables manitous nantis qui n'hésitaient pas à salir les mains de ceux dont ils sciaient bien vite les poignets. Pour les beaux draps, voyez le petit personnel, c'est connu. Arnaud était donc honni, craint, approché.

Il s'en fichait pas mal, mon Diogène, de tout ce cirque. Ce qu'il voulait, avant toutes choses, c'était qu'un jour son fils puisse le tirer par la manche et lui demander d'un air naïf : "Dis, papa, pourquoi tu les as jamais flingués au lieu de simplement secouer leur tapis ?" Il savait déjà ce qu'il lui répondrait, à son minot : "Cartouches mouillées, question de génération. Fais gaffe, ton ballon traîne dans une flaque."

Notre amitié remontait à un pince-fesse soûlographique au cours duquel, l'ayant pris à tort pour un littérateur à succès dont la gloire imméritée était une insulte à ma stérilité mallarméenne, je lui balançai au visage quelques vérités acides. Loin de s'offusquer de mon attitude digne d'un surréaliste besogneux rencontrant un critique d'obédience catholique devant le siège du parti prolétarien la veille d'un 1er Mai, le redoutable Arnaud Straus se contenta de briser une bouteille de Ruinart millésimé contre l'arête du buffet et d'en appliquer le tesson contre mon cou, là où est située la carotide dont l'importance n'est plus à démontrer. Je dégrisai aussi sec et balbutiai quelques jurons mandchous. Quand il sut que je l'avais pris pour l'autre bas-bleu, il éclata de rire et m'assura que lui aussi abhorrait ce cloporte et avait même eu l'occasion, moins d'un an auparavant, de lui tartiner le groin avec des canapés aux asperges et à l'ananas au cours d'un raout cathodique.

Nous décidâmes de fêter cette concordance de vues. Or chacun sait qu'il n'existe qu'une façon de fêter certaines concordances de vues dès lors qu'on a ingurgité de quoi relancer le programme Apollo. C'est ainsi que je me retrouvai à cinq heures et demie du matin au commissariat du 18e arrondissement (auprès duquel les autres postes de police font figure de crèche avant-gardiste), en compagnie de messire Straus et d'un clochard que nous avions pris pour Verlaine ressuscité et qui n'était somme toute qu'un ex-vagabond recyclé en sans domicile fixe.

Il faut dire que le pauvre homme avait eu la mauvaise idée d'uriner sur un représentant de l'ordre public, tout ça parce que ce dernier trompait son ennui en piétinant un ressortissant malien.

Notre intervention avait été catastrophique, c'est le moins qu'on puisse dire. Bas les braguettes et sus à la maréchaussée ! On s'était retrouvés au poste avant même d'avoir pu déchiffrer son enseigne. L'interrogatoire s'était révélé instructif au niveau psychomoteur, et Arnaud avait fini par brandir sa carte de presse en hurlant qu'il se plaindrait au ministre et à ses sbires. La simple vue de la balafre tricolore avait suffi à calmer le flic aviné. De plus, le téléviseur de contrebande, en équilibre instable sur un radiateur jaune, était sur le point d'entamer la soixante-dix-septième rediffusion du feuilleton le plus prisé des forces de l'ordre : *Flipper le Dauphin* – aucune explication psychanalytique satisfaisante n'a jusqu'ici été avancée quant à cet engouement téléfilmique. Seul le trou dans la tête du faux poisson peut fournir un début de réponse dans le sens d'une pulsion identificatoire.

Quoi qu'il en soit, dans leurs cervelles trilobées (je parle de nos geôliers potentiels), le centre pathologique de l'intimidation avait été touché. Excuses rotées, démenottage, regards rase-moquette. On nous sermonna et on nous conseilla à l'avenir de ne plus intervenir dans les rapports Nord-Sud. Libres, les zozos !

Nous décidâmes aussitôt de fêter ça, etc.

*

Arnaud ne m'avait pas vu arriver. Son Minolta en bandoulière, il essayait vainement d'attraper le mini-catamaran rouge et bleu dont l'unique boudin gauche surnageait à deux mètres dix du bord du bassin. La petite fille pleurait, plus par principe que par dépit. Elle avait des cheveux blonds et portait une adorable robe verte avec un petit nœud rouge et des souliers à boucles. Je songeais avec attendrissement que le prix de sa robe devait avoisiner le tiers de mon loyer.

Finalement, Arnaud m'aperçut et envoya paître la gamine. Elle lui tira la langue, chose dont j'ignorais que la pratique perdurait en cette fin de siècle de majeur brandi.

J'avais une vague idée assez précise du sujet dont il comptait m'entretenir. Ça faisait des semaines qu'il me suppliait de mettre mon nez dans les comptes des éditions de la CTI, persuadé qu'en plus de sentir le pâté, mon employeur en vendait sous le manteau.

Il avait sa théorie, Arnaud. Selon lui, le poussah Vergegen n'était qu'un homme de paille au service d'une organisation néonazie, une belle pieuvre aux ventouses internationales qui bouffait à tous les planctons néodémocrates. Selon lui, je me devais de l'aider à déjouer l'affreux complot qui menaçait notre société. Son dossier s'épaississait, ma patience s'émoussait, Agnès s'en foutait. Le temps passait.

Mon apolitisme tardif refusait de vaciller. Tu vois des chemises brunes partout, lui avais-je dit en substance. Tu es daltonien, m'avait-il rétorqué. On en était restés là. J'aurais dû me douter qu'aujourd'hui il allait dépasser les bornes.

— Frédéric ! Tu oses ? Cinq jours sans donner de nouvelles ! Tu me prends pour un membre de ta famille ou quoi ? J'ai pas arrêté de harceler ton répondeur. Ça t'arrive de l'écouter ?

— Tu sais, à l'époque du disque laser, moi, les cassettes…

Arnaud ferma les yeux en remontant ses lunettes rondes sur son nez. Mon humour, je le voyais bien, l'agaçait. Il agace toujours, c'est un fait, mais en général mes amis me font crédit au niveau patience.

— J'avais du boulot, Arnaud. Véridique.

— Il avait du boulot ! Il avait du boulot ! Pas étonnant, vu pour qui tu bosses !

— D'ailleurs, pour tout te dire, je me dirigeais vers ma couche endurcie de forçat-célibataire quand j'ai aperçu ta silhouette faunesque près d'un poupon esseulé. J'ai cru bon aussitôt…

— … de venir étaler ta faconde verbale. Ça ne m'étonne pas. Je n'aurai pas l'outrecuidance de te proposer de te taire. Mais avant de t'éclipser, pauvre lâche, j'aimerais bien avoir la nouvelle adresse d'Agnès, si tu n'y vois pas de contre-indication. Il paraît qu'elle a déménagé, dixit sa concierge.

Je me raidis. Arnaud et Agnès, c'est un peu comme Abélard et la mère d'Héloïse. Pas la franche entente.

— Son adresse ? Pour quoi faire ?

— Le bien de l'humanité, triste prognathe. Tu sais qui elle fréquente, ton ex ?

— Un chien andalou ?

— Presque. La clique Déliézons et Breker.

— Connais pas. Des ordures gammées, je suppose ?

— Tout juste, mon biquet. Ça fait dix jours que je bosse sur leur cas. Et crois-moi, s'ils ne sont pas dangereux, c'est vachement bien imité. Déliézons est le scribe assermenté du Renouveau du Peuple Radical, qui est au GUD ce que la margarine tiède est au beurre rance. Quant à Breker, c'est le genre de type qui s'immolerait dans un four à micro-ondes s'il apprenait qu'il était tzigane au troisième degré, tellement il est consciencieux.

— Et qu'est-ce qu'Agnès leur trouve d'agréable à part le fait que tu les calomnies ?

— Frédéric, soit tu as de la colle à bois dans les yeux, soit ta dernière lobotomie a été un franc succès. Primo, et je suis fier de te l'apprendre, ça vient de tomber sur mon téléscripteur interne, Déliézons finance les éditions de la CTI. Ce nom te dit quelque chose, j'espère ? Deuzio, Breker chaperonne Déliézons, il lui a même vendu pour des prunes des locaux superbes dans le 15e arrondissement. Tertio, il n'y a aucune raison logique pour qu'ils fréquentent Agnès. Et c'est bien ça qui m'inquiète.

Il était hors de question que j'avale ce genre de couleuvres. Je savais pertinemment que ce qui intéressait Arnaud, c'était Agnès, *mon* Agnès. Il voulait son adresse et ne s'en cachait pas ! Pourquoi ? Parce qu'il ne rêvait que d'une chose, qu'elle cède à ses avances comme une digue sous la pression des vagues. En gros, il voulait qu'elle couche avec lui. Il avait même essayé de la convaincre que l'Église fermerait les yeux sur cette union absurde. Mais la prudente enfant avait eu soin de cadenasser tous les codes d'accès à sa nouvelle forteresse du 12e arrondissement.

Elle n'avait aucune envie de communiquer ses coordonnées (les siennes) à messire Arnaud Straus, ce dernier n'ayant cessé depuis notre rupture (à elle et moi) de la poursuivre (elle) de ses assiduités (à lui) et de ses roses blanches (celles du fleuriste), allant jusqu'à faire des allusions scabreuses à ses formes voluptueuses (celles d'Agnès) devant moi (Frédéric Léger). L'affront, quoi.

— Allez, Arnaud, tu sais bien qu'Agnès refuse de divulguer le code secret qui permet l'accès à son donjon privé. Tu as plus de chance de taper cent balles au planton de Fort Knox.

— J'ai pigé. Tu crois toujours que je veux me la faire. Tu sais ce que c'est ton problème ?

— Personne n'est au courant que je suis mort.

— Plaisantin, va. Ton problème, mon coco, c'est que tu t'es tellement cureté l'intérieur que quand tu penses ça fait courant d'air. Moi, je te parle de menace néonazie, pas de vaudevilles.

J'ai horreur qu'on me fasse bouffer du miroir à la petite cuiller, aussi brandis-je illico un stupide paratonnerre verbal bien de chez moi :

— Plutôt traduire Proust en malgache que trahir Agnès.

— Frédéric, regarde en bas. Tu vois quoi ? La planète Terre. C'est normal, ne t'affole pas. Et tu as remarqué ces petits trucs sombres qui s'agitent en tous sens ? Eh bien ça s'appelle des êtres humains, ça souffre et ça vote, ça boit du muscadet et ça écoute Purcell, ça jouit, ça éternue, ça enfante même. Tu crois pas que tu devrais sortir ton train d'atterrissage ?

Les larmes, on en a ou on n'en a pas. Je frottai des yeux secs comme des pierres et respirai un grand coup. Je me rappelai le temps où la souffrance et la joie figuraient à mon dictionnaire intime. Je me rappelai aussi l'époque où je savais séduire sans mentir, parler sans m'écouter, bander sans picoler. De la préhistoire, s'il en est. Et lui, Arnaud, le Straus furieux, voulait que je joue les archéologues de moi-même, qu'on laisse les morts enterrer les morts et que je fasse signe que je m'étais trompé de nécropole. Mais non. Je l'aime, ma fosse. Je veux des fleurs dessus, et des inscriptions, et qu'on joue de la musique en chialant, qu'on m'astique la pierre, qu'on me désherbe les flancs.

— Arnaud, je suis crevé. Salut.

Là-dessus, je m'éloignai en lui promettant de l'appeler dès que j'irais mieux. Notre amitié s'en remettrait, elle avait l'habitude de ces petits apéritifs rances suivis de longs jeûnes boudeurs. Et enterrés par de vastes cuites nocturnes.

*

La chose est entendue : la sieste est la plus belle invention de l'homme après celle du Temesta. Surtout quand elle commence à treize heures trente (juste après les informations nationales) et s'achève à dix-neuf heures cinq (juste avant la contre-information régionale). Le seul inconvénient, c'est qu'on sort de ces comas miniatures encore plus atrophié qu'on y était entré. On a l'impression d'avoir été avalé et digéré par un monstre sous-marin habitué à sucer de la craie et à lécher du charbon. L'horreur. On regarde son répondeur-enregistreur comme s'il s'agissait d'un potiron radioactif et on se rend à tâtons dans la cuisine pour ouvrir le frigo au cas où quelqu'un aurait laissé un message. Il n'est pas rare dans ces moments d'intense stupeur que l'on fixe durant trente minutes une miette de pain en équilibre sur le rebord de la fenêtre.

La faim m'arracha lentement au sommeil comme une érection insistante. Je repoussai les draps et me dirigeai vers la salle de bains. L'eau jaillit du robinet dans un raclement de gorge et je m'aspergeai les pores de la peau en gueulant le nom de mes ancêtres. Il fallait que je mange. Explorer mes placards ne m'aurait qu'attristé davantage.

Je pris la décision de m'offrir un petit gueuleton en solitaire chez Germaine, ma cantine de prédilection. À maux de manant, remèdes princiers, disait mon grand-père. Paix à son cadavre qui marine en terre bourguignonne.

Mon chéquier se gondolait déjà rien qu'à l'idée de s'alléger. Je vérifiai que le répondeur affichait rouge, chaussai mes Doc, enfilai mon blouson de cuir, passai un peigne dans mes cheveux et, fort de ce débordement de coquetterie, m'apprêtai à claquer la porte quand, au dernier moment, pris d'un remords visqueux, je me baissai et ramassai l'épaisse chemise confiée par Desmond. Ça me ferait toujours de la lecture.

*

Chez Germaine, comme son nom se refuse à l'indiquer, est un coquet boui-boui tenu par un certain Monsieur Paul. Les tables, du plus exquis formica, sont protégées par une nappe représentant la mort de Scipion à Zama en 202 – à moins qu'il ne s'agisse d'un banc d'écrevisses contré par un char soviétique. Chaque table a droit à sa bougie, crânement plantée dans une ex-boîte de thon au naturel. À peine s'assoit-on que le serveur, un Polonais bègue et vaguement pyromane, vous amène d'office un quart de rouge. Les entrées, comme partout ailleurs, sont variées. C'est-à-dire qu'on a le choix entre l'eufmaillot et l'harenpomaluile. Je conseille le second, même si une petite séance épilatoire ne lui ferait pas de mal. Quant aux plats du jour, on ferait mieux de les baptiser plus franchement plats de la veille, ou plats d'autrefois, ou encore plats de jadis, voire plats d'antan. Mais c'est marqué à la craie Plats du Jour et personne n'a jamais osé contester Monsieur Paul.

Je commandai donc pour commencer un assortiment de clupéidés garnis de solanée et arrosés d'une mixture de corps gras saponifiable et d'une solution alcoolisée modifiée par fermentation acétique. Le quart de rouge ne fut pas de trop pour faire passer cet artefact chimique. Puis j'optai, non sans malice, pour l'andouillette-purée, couple instable à la manière d'Hitler et de Staline, fait de brouilles passagères et d'entente profonde.

— J's'rais d'avis d'l'éclater contre un mur, ce tocard !

Ce plaisant alexandrin provenait de la table voisine qui jouxtait la mienne en sa bordure dextre. En effet, tandis que j'étais occupé à creuser un puéril cratère dans le mont-pelé de ma purée en me demandant quelle lave j'y pourrais bien déverser vu que l'andouillette était passablement embaumée, deux clients, qui avaient pris place dans mon périmètre auditif, entamaient leur deuxième Cuvée du Patron avant même d'avoir touché à leur entrée – crottes chavignolaises avachies sur une paillasse de roquette.

Le plus âgé portait à bout d'épaules un costume cinq pièces avec vue sur cour. Sa cravate, admirablement nouée au col, évoquait par son extrémité sud la queue de ce dangereux poisson qu'est le rémora. De sa pochette dépassaient trois obscènes capuchons stylographiques surmontés de cette fameuse fiente astéroïdée qui a fait leur succès. La prementure de son veston croisé devait être en peau de gnou et ses revers, dits à cran aigu, étaient, ô splendide et grossière cruauté, ferrés d'argent. Sous son veston, on devinait une chemise fuchsia aux pointes de col surfilées et à la patte de boutonnage matelassée (j'ai corrigé le mois dernier un livre de haute couture et je sais de quoi je parle). Je le surnommai illico Bobrummell.

Quant à l'autre, c'était moins un homme qu'un spécimen de l'espèce humaine. Il était même possible qu'il fût en réalité ce qu'on appelle dans les milieux autorisés un "cybergland". Difficile de savoir. Sa tenue était plus simple et plus prosaïque que celle de son acolyte. Pantalon en cuir mauve, T-shirt noir proclamant en lettres rouges "IT'S ALIVE", bretelles ornées de têtes de vautour en caoutchouc, Rangers jaune fluo et bésicles techno. Pris d'une frénésie taxinomique, je le baptisai Cœurdenave.

Ces deux individus, par leur tenue diffamatoire, m'inspirèrent aussitôt une immense pitié pour le genre animal. J'étais sur le point de leur offrir mon cendrier comme souvenir quand je surpris ces quelques bribes verbales dans leur conversation :

— À quoi qu'y ressemble ? demanda Cœurdenave.

— À quoi veux-tu qu'il ressemble ? répondit Bobrummell, agacé. À un sale petit con d'intello. Un vrai nain : le mètre soixante-dix. Et maigre, si j'en crois mes sources. Que te dire de plus ?

— On n'a pas la photo ?

— T'es con, Bruno, ou quoi ?

Cœurdenave s'abstint de tout commentaire et préféra vider son verre de gros-qui-tache.

— Et qu'est-ce qu'on doit faire ? finit-il par lâcher, à court de neurones. Lui foutre les pétoches ou l'amocher franco ?

— N'importe quoi pourvu que ce livre ne sorte pas. De toute façon, il y a peu de chance pour qu'il ait eu les épreuves complètes. Tarnos m'a confirmé qu'il n'avait eu qu'un jeu caviardé.

— Caviardé ?

— Ton crottin va refroidir.

Intrigué, je repris un quart de rouge d'un bon demi-litre, attaquai sans complexe la tarte aux quetsches et fis signe à Monsieur Paul de purger son cognac et de réchauffer son qualité-filtre. J'avais besoin d'un remontant. Ces histoires crapulo-éditoriales m'avaient tout émoustillé.

1) J'étais prêt à tout pour connaître le fin mot de l'histoire.

2) J'étais tombé sur un gros coup.

3) S'agissait-il vraiment de quetsches ?

Ceux qui ont joué le 3 ont gagné.

Toutefois, mon attention fut relancée quelques instants plus tard quand, entre sorbet tiède et déca froid, Cœurdenave se renversa du vin sur son T-shirt et dévoila, l'espace d'un geste agacé, une arme automatique glissée entre panse et ceinture. Bien qu'incapable de distinguer un fusil mitrailleur américain Browning Automatic d'un fusil britannique Lee-Enfield, je sais tout de même faire la différence entre un objet métallique qui donne la mort à distance et un décapsuleur dessiné par Starck.

Drame. Un noyau de quetsche me resta en travers de la gorge. Des larmes taquinèrent mes paupières. Un couinement rauque s'échappa de mes lèvres bleuies. Je plaquai mes deux paumes sur la nappe et quêtai une improbable bouffée d'air, le menton à trois centimètres au-dessus de mon assiette.

Bobrummell et Cœurdenave se tournèrent comme un seul molosse bicéphale dans ma direction. Comprenant vaguement que j'étais en train d'agoniser, ils optèrent discrètement pour la non-ingérence dans les affaires d'autrui.

Monsieur Paul, heureusement, eut la bonne idée de venir voir si ces messieurs nouveaux dans le quartier étaient satisfaits de leur pitance. Il s'approcha lentement, les mains glissées dans les poches de son tablier bleu, les regarda d'un air pléistocénique qui se voulait interrogateur, puis perçut en arrière-plan le faible vagissement d'un homme qui passe l'arme à gauche : moi, en l'occurrence.

Il contourna leur table et m'asséna vigoureusement une claque dans le dos, me déboîtant au passage trois ou quatre vertèbres cervicales. Suite à cette incroyable commotion, le coupable noyau sortit de son antre congestionné et décrivit une intéressante parabole avant d'aller atterrir dans le terreau du ficus de Monsieur Paul. Personne ne rit. Bobrummell et Cœurdenave, visiblement pressés et plus très affamés, payèrent à ce moment puis sortirent en claquant la porte derrière eux, manquant péter deux ou trois carreaux. Quant à mon sauveur, il se dirigea d'un pas décidé vers son petit arrosoir vert en murmurant : "Comment qu'on dit ? Un quetschiier ?"

Je fis signe au serveur varsovien de mettre le festin sur ma note – il sourit bêtement et Monsieur Paul lui pinça la joue pour la forme – et emboîtai le pas aux deux tarés. Pourquoi ?

Oui, pourquoi ?

Encore aujourd'hui, je cherche la réponse dans l'incinérateur de mon subconscient. Je n'avais aucune raison valable de jouer les Rouletabille. Quelques propos abscons, deux gueules enfarinées, ça n'explique pas une expédition punitive. Depuis quand m'intéressais-je à ce qui marche et bouffe, écoute du Vivaldi (ou était-ce du Purcell ?) et prie, tremble et postillonne ? Étaient-ce ces larmes incroyablement salées qu'avait générées mon étranglement au noyau de quetsche ? Ces larmes stupides, involontaires, rebelles ? Je n'aime pas pleurer. Je hais ces gouttes tièdes qui vous donnent l'impression d'être un nourrisson sorti trop tôt du bain. Quand elles viennent, les larmes, moi je pars. C'est aussi simple que ça, sans doute.

*

Les suivre fut d'une facilité confondante. Je connaissais le quartier comme ma poche. Rue de la Miroiterie, rue Kablinski, place du Marché-aux-Chevaux, rue Laure-Désaccords, impasse August-San… Impasse ? Ce n'est qu'alors que je compris que c'étaient eux qui me suivaient. Tout en me précédant. Une tactique qu'aurait dû étudier Pyrrhus avant de s'engager dans la bataille d'Ausculum (- 279).

Il était clair cependant qu'on ne parlerait jamais de victoire à la Frédéric Léger : le froid museau d'un Mauser 9 mm venait de surgir de l'ombre pour appliquer sur mon front un baiser repoussant.

4

Ils étaient visiblement à cran et firent preuve à mon égard d'un grand amateurisme, recourant aux fastidieux arguments qui ont fait la renommée du sexe fort.

Coups de botte, gifles exécutées avec le poing fermé, quolibets vexatoires. Bref, l'atteinte aux droits de l'homme dans tout ce qu'elle a d'irréversible. L'espace d'une mandale, je faillis protester, mais il m'aurait fallu pour cela recouvrer l'usage de la parole, lequel est largement tributaire d'un bon fonctionnement des maxillaires et des cavités respiratoires. Or j'avais tout d'un aspirateur Hoover à la von Stroheim. Esthétique mais inopérant.

Puis la leçon de choses trouva une conclusion normale dans l'écrasement sec mais généreux de ma zone occipitale. Je rejoignis ce fond commun à toutes les espèces invertébrées, mare splendide d'algues et d'ignorance où choient horizontalement les grandes méduses de la sénilité précoce. Et les pauvres types dans mon genre.

*

À force de lécher l'interstice entre les pavés, ma langue finit par transmettre à mon cerveau une sensation fugace et poivrée qui remit en branle quelques synapses. Je soulevai des paupières tapissées de sang séché et distinguai le reflet de la lune sur un pare-chocs de voiture. Ça sentait l'urine et le gasoil. Et aussi le vieux chat. Bonne nouvelle, j'étais vivant et à même le tapis parisien.

En me relevant, j'éprouvai un sentiment étrange. Non pas du soulagement mâtiné de haine, comme il eût été normal. Mais une certaine satisfaction. Vrai, j'étais fier de moi. Comme un gamin qui a mérité sa première dérouillée dans la cour des grands. Et entrevu l'avenir. Ça faisait du bien d'avoir mal. Ça me colmatait les brèches, curieusement. Je me voyais tel que j'étais : un gâteux de trente ans et des poussières qui tutoie son ombre et découvre qu'elle en a marre des familiarités.

Mon sang, habitué aux circonvolutions et aux atermoiements, n'avait enfin fait qu'un tour, un seul, mais dans cette unique rotation il avait charrié et évacué tous les grotesques anticorps qui empêchaient la vie de me contaminer pour de bon. J'avais mon compte. Des cloques de sang sur le faciès, les jointures boursouflées, les reins cramés. La conscience claire.

Il était deux heures du matin mais je jure que le soleil cognait dur dans ma tête. Cognait beau et fort. Août sur toute la ligne.

*

En me traînant chez moi, un miracle n'est pas coutume, je croisai Nina, la noble sentinelle du kiosque à journaux qui fait l'angle avec ma rue. Notre phare médiatique, comme nous disons avec Arnaud. En me voyant si mal en point – lèvres tuméfiées, yeux tuméfiés, front tuméfié, joues tuméfiées, groupe sanguin B+ tartiné aux commissures –, elle voulut savoir si, par hasard, la tarte aux quetsches de Monsieur Paul y était pour quelque chose – elle m'avait vainement cherché chez Germaine pour me rembourser les cent francs que je lui avais prêtés il y a deux mois. Brave Nina.

Précisons que la fille n'est pas bégueule. Elle est blonde, musclée au-delà de tout érotisme facile, et sent la verveine. Une apparition systématique. Je l'épouserai sans doute un jour, quand la perspective de vieillir avec une walkyrie versée dans le motocross et l'astrologie me paraîtra plus douce qu'un bon lit d'hôpital moelleux.

Sans hésiter, elle proposa de m'accompagner jusqu'à la pharmacie de garde de la rue Pagès, sur quoi je manquai m'enfuir en glapissant comme un loup-garou qui vient de croiser un employé de la fourrière.

Il faut dire que la pharmacie représente pour moi ce qu'un sex-shop symbolise à peu près pour une dame patronnesse. Je n'entre dans ce lieu que lâchement acculé, tant je suis effrayé par ces forêts de brosses à dents orthopédiques et ces pyramides de préservatifs, très vite au bord de la nausée d'huile de ricin, blême comme le savon qui recule les limites de la jeunesse, caillé comme le lait qui détruit les rides, vaseux comme le tube honni qu'on n'achète qu'en catimini, incapable d'articuler quoi que ce soit, même s'il ne s'agit que de faire la dérisoire emplette d'un cachet d'aspirine de la région Rhône-Alpes. Appelez ça le complexe de Léger, si vous voulez. Le sujet qui en souffre préférera toujours hanter l'obscurité malsaine, petite-bourgeoise et peuplée d'écorchés aryens du cabinet médical privé que de s'abandonner à l'ambiance soft-Prisunic de l'officine au néon, dont les portes télécommandées, les caméras brevetées Balkany et les carillons hystériques ne peuvent que signifier un désir pathologique d'humilier l'offensé.

Mais Nina, en femme coutumière des aléas de son sexe, n'a pas de ces frilosités, et ce fut *manu militari* qu'elle me remorqua jusqu'à cet antre de perdition.

Là, implacablement mercurochromé, traîtreusement pansé, dûment moqué, vicieusement cotonnisé, c'est quasiment anesthésié que je lorgnai en gémissant les portes ornées de najas de la pharmacie.

Nina, elle, ne perdit pas le nord et régla avec ses dettes ce que je devais au moustachu en blouse blanche qui m'avait retapé.

Une fois à l'air libre, je sentis bien que mon corps souffrant réveillait en elle des pulsions secrètes, des rêves carnivores, des fantasmes de médecin légiste en jarretières. Nina, kiosquière insoumise. Nina, pharmacienne humide. Nina qui allait profiter de ma désespérance pour voir si tout en moi était perclus. Nina qui m'avait toujours regardé avec l'œil périscopique du loup de Tex Avery, Nina qui rêvait d'allonger son grand corps de lamantin tacheté sur mes…

Nina disparut alors dans une boîte de nuit à caractère saphique en me lançant un ultime ultimatum : “Laisse le désir aux chiens, Frédéric !”

J’aboierais, si j’en avais la force. Mais je viens définitivement de perdre mon latin dans un grand froissement de pages roses qu’on arrache. Et également de retrouver la mémoire : que sont mes agresseurs devenus, eux que j’avais si mal chéris ?

*

J’eus la réponse à cette légitime question lorsque, trois heures plus tard, enfonçant ma clef en acier trempé dans la distinguée et coûteuse serrure Muel de mon studio-cuisine-lézardes-apparentes, je découvris avec stupéfaction qu’on avait substitué à mon savant désordre domestique un désordre moins savant mais tout aussi domestique. Mon bureau (une superbe planche en contreplaqué posée sur deux caisses de bière Valstar) était venu percuter de son angle nord-ouest l’unique carreau jusque-là intact de ma fenêtre. Les étagères de livres (malicieux assemblage de plinthes et de boîtes d’œufs qui penchait du côté où je n’aurais point voulu qu’il tombât) formaient, sur la moquette parfumée à l’urine d’un ex-félidé, un triste autodafé.

Mes vandales cherchaient quelque chose. Oui, mais quoi ? Voilà ce que j’allais devoir élucider si je ne voulais pas que la police prenne mon micro-loft déstructuré pour une planque d’Action directe.

Or il se trouve que j’ai parfois des illuminations.

Ce n’était pas le cas aujourd’hui.

5

Les désastres personnels ont cette rare vertu d'envelopper votre trop commune personnalité du voile flatteur du martyre. En contemplant l'ampleur des ravages occasionnés, j'eus le sentiment d'être quelque déité intergalactique revenue quatre cents années-lumière plus tard sur son astéroïde livré à de cruelles canailles cosmiques. Le vacancier cambriolé version surfeur d'argent.

Encore si j'avais été détenteur de quelque fortune personnelle : litho de Chagall, cendrier en bakélite, équipement audiovisuel, crâne de Mozart enfant, raton laveur empaillé…

Mais de fortune point ne m'enorgueillissais, riche seul de ma petite dépression étais.

Pourtant ils étaient venus et, déçus, ils avaient fouillu.

Qui, *ils ?*

Mes nouveaux amis.

Bobrummell et Cœurdenave.

J'en déduisis non sans amertume que l'intello nain et maigrichon dont ils avaient parlé ne pouvait être que bibi. Mais n'en tirai aucune conclusion hâtive.

D'autant plus que je n'étais pas seul chez moi.

L'arbitre de l'élégance et son prognathe comparse se trouvaient encore dans la salle d'eau et se fichaient pas mal de ma présence. Penchés au-dessus du capot ovale des cabinets comme deux garagistes ivres sur la carrosserie d'une DS customisée, ils s'amusaient à dessiner des petites lignes droites avec du sucre en poudre, une paille coudée tricolore de chez Burger King dans leurs narines respectives. Leurs reniflements évoquaient quelque vague transsubstantiation sous-humaine. Macao-sur-Seine.

Drogue dure, drogue douce ? Nous n'entrâmes pas dans le débat. Ils remballèrent leur attirail nasal sans me jeter ne serait-ce qu'un regard torve et, d'un accord tacite et siamois, franchirent ma porte dégondée.

— On reviendra, balança l'esthète. En attendant, change de métier, si tu vois ce que je veux dire.

— Ouais, on n'est pas pressés. Mais un conseil, fais le mort. Ça nous évitera de remonter les marches.

Je restai planté dans l'entrée comme un sapin de Noël au mois de mai. Je commençais à me dire que ce malentendu prenait des allures de quiproquo quand Bobrummell se tourna vers moi et, m'enserrant la nuque de ses doigts manucurés avec une insistance suspecte, me sortit tout à trac :

— Tu l'aimes, ton Agnès ? Tu l'apprécies, ton Arnaud ? Alors fais pas le con, petit.

Là-dessus, ils s'éclipsèrent en rotant dans la cage d'escalier.

J'ai toujours aimé les conseils. Et le whiskey Jim Beam, dont je me servis aussitôt une audacieuse rasade.

Dix minutes exactement après le départ des troupes ennemies, la cavalerie arriva sous la forme informe de ma gardienne, Mme Loquet. Informe mais informée. Car Mme Loquet sait tout (mais n'en croit rien), voit tout (mais ne comprend rien), entend tout (et ce n'est pas rien). Sphinge sceptique ? Certes oui. Savant cerbère ? Voire…

— Monsieur Léger, vous devriez savoir que le tapage nocturne est interdit dans la matinée !

— …

— Il est également interdit de recevoir chez soi des hommes en tenue douteuse !

— …

— J'ai un colis pour vous.

Ah.

Le colis en question était un jeu d'épreuves, comme si j'étais en manque de ce côté-là. Trois cents pages non reliées d'intrigue mal ficelée écrite par une romancière assez bien cotée. Titre : *L'Étrange Inculpation de Belinda B.* Auteur : Annette Balandrais, romancière à succès (comme on dit vache à lait, poule aux œufs d'or ou boîte à rythme). Le tout estampillé de ce mot artistiquement calligraphié par Suzette : *Urgent – merci d'avance Frédoche. Suz.*

6

Un peu d'histoire. Arnaud, avant de sombrer corps et biens dans le dépistage paranoïaque des virus sociaux, fréquentait une jeune femme répondant au doux prénom de Marceline. Or Marceline avait une sœur, Suzette. Fort belle. Que j'aimais allongée. Voilà, c'est aussi simple que ça. Il me paraît inutile de sortir le tableau noir et la craie. Surtout la craie. Ça pourrait crisser.

Notre liaison fut brève comme un trait d'union sexuel entre deux corps étrangers. Suzette était d'une volagéité paroxystique, à dominante cocufiante, pour parler comme l'étron Desmond. Moi, la jalousie, je ne connais pas. L'envie de tuer à coups de hache le rival, oui, mais la jalousie, non, c'est pour les faibles. Ma blessure d'avec Agnès supportait mal les onguents passagers. Je n'avais plus le cœur à chavirer ni la chair à vivifier. Je m'endormais souvent en route. À mi-chemin du plaisir simulé. Me plaignais d'un rien, d'un pli de drap, d'un ressort tors, d'une couette en biais. Téléphonai trop tôt ou raccrochai trop tard. Manque de tonalité sur toute la ligne, en fait.

Suzette, elle, était patiente, à défaut de persévérante. Elle souffrit mes sautes d'humeur comme on passe à un enfant malade ses envies de Monopoly ou de gaufrettes à l'abricot. Elle écouta distraitement mes soliloques avinés et me laissa même pleurer sur son vieil ours en peluche (je crois qu'il s'appelait Mathias Sandorf, ou Maurice Herzog, je ne sais plus ; enfin, c'était un vrai ours des Carpates gagné aux fléchettes à quelque porte de Paris). Puis, brutalement, elle s'en alla butiner ailleurs, me laissant me débattre avec mes petits spectres bavards. Je regrettai longtemps l'édredon moelleux de sa nuque et les savantes chatouilles qu'elle n'hésitait pas à concocter quand je tardais à l'embrasser.

Plus tard, unis par le souvenir de ce qui avait été et soudés par la certitude que ça ne serait plus, nous parvînmes à rétablir des relations proches de l'amitié. Au prix parfois de ce qu'elle appelait une "rencontre du premier type". On-se-téléphone-on-se-fait-une-baise : c'était là sa philosophie et je n'y voyais rien à redire, si ce n'est que c'était elle qui décidait le quand et le où. Moi, j'avais seulement le droit de régler la question du pourquoi. Et encore. En mon for intérieur et cadenassé. Mais à bonheur gaspillé on ne regarde pas son cœur. De toute façon, ces coïts au débotté n'avaient d'autre fonction que prophylactique. Et encore. Bander pour bander, autant fermer les yeux.

À l'époque où je fréquentais Suzette, elle travaillait pour une boîte d'intérim qui la bombardait standardiste à n'importe quelle heure du jour et de la nuit. Sa totale disponibilité, sorte de libertinage professionnel, en avait fait dans le milieu temporaire quelqu'un de très précieux. On la surnommait alors l'Ouïe Volante. Une standardiste succombait à une extinction de voix entre deux transferts de ligne ? Suzette déboulait dans la minute qui suivait, et le PDG pouvait téléphoner en PCV à sa maîtresse ou à son avocat en toute tranquillité. Véritable Fantômette du combiné, elle connaissait toutes les ruses télématiques, tous les artefacts de la mise en attente, fredonnait elle-même les divers *Boléro* et autres *Quatre Saisons* qui s'efforcent de faire oublier au client ulcéré que c'est lui qui casque.

Et puis il y eut cet accident. Venue faire ses emplettes dans un de ces grands magasins qui prennent le trottoir pour une succursale, elle profita de la propagande terroriste d'un groupuscule arabe financé par un parti possiblement occidental, laquelle se manifesta sous l'aspect plutôt rébarbatif d'une charge explosive déposée dans un bac à caleçons.

Suzette ne perdit ni ses bras, ni ses jambes, ni son charmant visage. Seulement l'ouïe. Mutilée civile invisible. Pas de place assise en première. Pas de regard compatissant. Et surtout, plus de "Monsieur Schbroumpf est occupé ; est-ce que vous voulez patienter ou préférez-vous laisser un message ?" Finies les cages aquarium, disparues les fiches rouges et vertes. Sourde à temps complet, elle dut envisager une réinsertion plus contemplative.

C'est là que j'intervins. Je lui trouvai, grâce à un habile réseau de relations se résumant à une petite annonce, une place de correctrice dans une maison d'édition (je n'avais pas encore songé à l'époque à embrasser moi-même cette noble carrière). Et comme ces accordeurs de piano aveugles qui sidèrent les mélomanes les plus experts, ma petite Suzette avait développé son art oculaire de façon impressionnante. Plongée dans l'immense silence océanique de ses organes, elle parvenait à maintenir sa concentration pendant des heures d'affilée, tel un pêcheur d'éponges en apnée. Sans être dérangée par les sonneries de tous ordres, les pétarades automobilesques, les tumultes divers de la voirie, la disco du voisin, la goutte d'eau compulsive du lavabo. Juste la muette vibration du feutre se propageant sur l'arête de ses ongles puis la peau de ses doigts et le souffle infime des pages sous la paume studieuse. Quelque chose comme l'état de sainteté du correcteur. Ou son cauchemar.

Mais Suzette avait ses faiblesses. Elle adorait le cinéma. Sa nouvelle infirmité lui avait fait redécouvrir la dimension originelle du septième art. Désormais, tous les films qu'elle allait voir étaient signés, pour elle seulement, Georges Méliès. Le cinéma était retombé dans son merveilleux âge d'or, il était de nouveau possible d'imaginer d'autres histoires que celles balbutiées péniblement par les stars volubiles. Et comme Suzette avait refusé d'apprendre le langage des lèvres, les salles obscures étaient devenues sa deuxième nation. Il lui fallait parfois visionner trois fois de suite le même film pour parvenir à se faire une idée cohérente du scénario. Ainsi, elle garde un souvenir ébloui du *Grand Sommeil*.

Tout entière livrée à ses muettes fantasmagories, elle n'entendait ni les soupirs extatiques des cinéphiles qui guettent le générique, ni les cris agaçants des adolescents dont les genoux stridulent à chaque baiser, ni les rires obtus des cinéphiles adolescents qu'un rien fait débander.

Évidemment, cette passion avait des retombées désastreuses sur son rythme de travail. Une simple rétrospective d'Eisenstein suffisait à mettre en péril sa légendaire ponctualité. C'est ce qui expliquait aujourd'hui la présence de ce jeu d'épreuves entre mes mains. Dont le titre était… Ah, oui : *L'Étrange Inculpation de Belinda B.*

Je n'avais plus qu'à dépanner mon adorable sourde. Un peu de fiction contemporaine ne me ferait pas de mal.

*

Erreur. Cela fut très très douloureux. À se demander même si Suzette n'exerçait pas là un certain droit de vengeance à défaut de cuissage. Quoi qu'il en soit, même après une bonne nuit d'insomnie et quelques heures de picole, le labeur n'eut rien de distrayant. Il faut dire que le style de dame Balandrais suintait aux entournures. Qu'on en juge plutôt :

Assise devant sa coiffeuse en acajou, Myriam se surprit à rougir. Tout son corps d'épouse négligée bruissait d'un même épanouissement volcanique. Elle avait rêvé l'homme, elle avait la bête. Sous les ongles prolétariens de cet inconnu rencontré dans le métro souterrain, ses seins naguère assoupis retrouvaient une jouvence extrême. Chaque caresse était comme une vague venue déferler en mugissant sur la grève mordorée de sa chair, chaque morsure un démenti sauvage aux caprices de son enfance catholique. Myriam en redemandait comme on se confesse, par curiosité et désarroi.

Reconnaissez qu'étalé sur six cent quarante pages, ce genre de prose peut lasser. Il n'en est rien. C'est précisément ce style qui valait à Annette Balandrais les éloges journalistiques les plus faramineux qu'on ait jamais vus : "Une écriture tellurique et sauvagement odoriférante" ; "La trempe d'une Colette besognée par le Divin Marquis" ; "C'est Madame de Staël livrée aux brusques sauvageries d'un harem, la femme faite soufre"… J'en passe. Qui plus est, Annette Balandrais gérait son image de marque comme un coûteux parfum.

Ce qui ne l'empêchait pas d'écrire comme une vache asthmatique.

7

J'en étais au moment où la voluptueuse Myriam, abêtie par sa liaison avec un artiste borgne spécialisé dans le concassage de métaux ignifugés, décide de renouer avec son premier amour, un réfugié salvadorien aux larges oreilles, et, pour ce faire, s'autorise une brève mais torride coucherie avec un ancien torero qui ne peut plus faire l'amour qu'enroulé dans sa cape rouge, j'en étais, disais-je, là, quand le téléphone sonna.

J'hésitai. Allais-je lâcher la scène grandiose où Myriam éventre l'hidalgo impuissant avec le candélabre en tôle sculptée sous l'œil dilaté du difforme latino ?

L'âme en berne, je refermai ma main moite sur le combiné. À peine l'avais-je porté à mon oreille qu'un flot d'injures se déversa immédiatement par les pores en plastique.

C'était Agnès. Une Agnès furieuse. Une Agnès antédiluvienne, comme jaillie du sourd magma de la préhistoire, monstre splendide et frédéricophage. Fermant les yeux, je crus entendre des mâchoires claquer, des proies vagir, des chaînons manquants se racornir…

*

Cela me prit une heure à 0,615 franc l'unité pour enrayer l'entropie. L'écouteur chauffé à blanc commençait à laisser une marque durable sur mon oreille droite. Agnès n'en finissait pas de m'agonir d'injures entrecoupées de menaces, elles-mêmes émaillées de reproches. Un véritable feu d'artifice dont l'apothéose, je le sentais bien, allait prendre la forme navrante d'une rupture définitive. Finalement je parvins à faire comprendre à ce fragment de ma vie endiablé que, non, je n'avais pas communiqué ses coordonnées à mon complice Arnaud Straus, que, non, je n'aurais jamais fait une chose pareille, que, non, elle n'était pas adorable quand elle se mettait en colère.

Que si, quand même, un peu.

— Alors qui ? éructa-t-elle quasiment.

Elle en avait lourd sur le cœur, un cœur qu'elle dissimulait sagement sous un adorable sein gauche et menu, dont la pointe, naguère, savait m'inculquer l'art de grimper aux rideaux, mais qui, aujourd'hui, se contentait de laisser son empreinte narquoise dans quelque tissu résistant et coloré. Du moins le supposais-je du fond de mon ignorance masturbatoire.

Son cœur disait, en des termes que la morale réprouve, les blessantes choses suivantes : Qui d'autre que moi, niais ectoplasme inculte, avait pu communiquer ses secrètes coordonnées au vicieux cornichon prénommé Arnaud ? Qui d'autre ? Une goule ventrue ? Le Tigre ? L'Euphrate ?

À court d'arguments exotiques, Agnès finit par admettre que j'étais peut-être innocent. Néanmoins, tant que cette peu vraisemblable innocence n'était pas prouvée, je demeurais à ses yeux un pitoyable déchet hospitalier, un Iago doublé d'un Droopy, une larve honteuse et cruelle.

— Mais qu'est-ce qu'il te voulait, Arnaud? réussis-je à placer.

— Tu veux vraiment le savoir?

— Si ça t'ennuie pas.

— Très bien, Frédéric Léger, je vais te dire ce qu'il voulait ton merdeux de camarade. Il voulait que je te cuisine.

— Développe, j'ai un peu l'émail qui pèle ce matin.

— Cette tache s'est monté la cafetière au sujet d'un ou deux types que je fréquente. M'a sorti toute une histoire de complot fumeux. Comme quoi mes fréquentations étaient malsaines. J'ai eu beau lui expliquer qu'il ne s'agissait que d'un vague contact en vue d'un vague sponsoring en vue d'un vague spectacle que ma troupe théâtrale voulait monter, rien n'y a fait. Il prétend que l'un des types va remettre à tes éditions un manuscrit ou je ne sais quoi, et qu'il faut à tout prix que je me le procure.

— C'est tout ce qu'il voulait?

— Me baiser aussi, je suppose.

— Hum. Tu sais, Agnès, moi, toutes ces histoires de Onzième Reich porte à droite avec lesquelles il me bassine, je n'y ai jamais trop cru. Mais il se trouve que deux teigneux sont venus me conseiller de me recycler dans l'agroalimentaire.

— L'agroalimentaire ne voudra jamais de toi.

— J'entends bien, mais à mon avis on devrait peut-être laisser Arnaud nous expliquer plus en détail. Parce que, vois-tu, la situation commence à devenir légèrement inquiétante.

— Tu ne vas pas me dire que tu gobes ces conneries. T'es jaloux ou quoi ?

— Fais chier, Agnès, je ne suis pas jaloux ! On vient de me passer à tabac ! Tu peux comprendre ça, non ?

— Non.

— Comment ça, non ?

Arnaud et toi, vous délirez. Ça picole et ça débloque. Diagnostic final. Et tu peux toujours te…

Je raccrochai comme on casse une brique avec le tranchant de la paume. Ou plutôt comme on se casse la paume sur le tranchant d'une brique.

Bon, mon petit Arnaud, murmurai-je en faisant des nœuds avec le fil du téléphone, tu vas connaître le sort de Yu-ching Pè, ce Chinois transformé en éventail pour avoir fait pleurer la princesse Mi-jong Peng le jour de ses treize ans.

Ce n'était pas une menace en l'air. Je possédais bel et bien un couteau suisse à huit lames.

*

Toute envie de corriger, même la prose sénescente de la célébrissime phacochère, m'avait quitté. Ce qu'il me fallait, c'était un bon bain. Un bain clair et pur, à base d'eau de jouvence, un lac d'oubli strié de bandes bleues dansantes, éclairé par des rires d'elfes capricieux et pourvu d'un vestiaire avec cabines à code.

Après avoir fourré une Pléiade de Mallarmé, du shampooing rose, une serviette et un caleçon propres dans un sac Tati, je dévalai les escaliers et hélai un métro. Direction la piscine des Halles, cette fosse d'aisance réelle creusée là où, jadis, fumaient montagnes de choux et collines de navets quand Zola venait étoffer ses carnets et aiguiser sa plume.

J'enjambai les tripodes métropolitains en narguant les futurs sans domicile fixe de demain, pénardement calfeutrés derrière leurs vitres anti-communication. Je me pris même à fredonner l'air du *Cuirassé Potemkine* en m'écroulant sur un strapontin de la défunte première classe. Les stations défilèrent sous mes yeux comme autant d'escales exotiques. Je n'hésitai pas à faire l'offrande d'un dixième de Delacroix à une vieille qui chantait du Bruant avec une conviction de mur des Fédérés.

— Et tu vas où, beau gosse ? me lança-t-elle en me tendant une photocopie de sa mélopée.

— À la plage, m'dame, rétorquai-je en me curant le nez.

C'était les grandes vacances, en somme. Au programme, cours de natation avec option bateau ivre.

Expirez soufflez, expiez crevez.

*

Le maître nageur faisait des mots croisés sur sa chaise de Cadum solitaire, levant de temps à autre un œil pathétique sur son vaste royaume aqueux. Il me lorgna lentement, jaugeant d'un air critique mon maillot rose et vert dont le cordon pendait tristement sur mes cuisses grêles tel un vestige ombilical. Un zeste de stupeur émailla sa face glabre quand il me vit escalader le plot duquel je comptais bien m'élancer vers les flots. Un rictus de kapo le défigura quand j'offris à l'assistance un plat d'une horizontalité stupéfiante, assorti d'un claquement qui manqua faire exploser les deux ronds fumés de ses lunettes.

Ça allait déjà mieux.

Trois longueurs et demie suffirent à revigorer mon corps de microbe affolé. Je n'avais jamais été très bon nageur, mais je possédais l'art d'avancer diagonalement et sans respirer, un art qui faisait l'admiration des garçonnets engoncés dans leur bouée-canard. On ne choisit pas toujours ses admirateurs.

Je m'apprêtais à entamer une quatrième et improbable longueur lorsque mes yeux rougis au chlore devinèrent, à l'extrémité du plongeoir de trois mètres, celui réservé aux acrobates suicidaires, une forme évidemment féminine, nettement gracieuse et certainement inabordable. Mais les bains prolongés ont la particularité de développer chez moi une certaine assurance propice aux fantasmes.

Le bras caoutchouteux, la bouche fontaine, je crawlai ingénument vers le point de chute hypothétique de la naïade. Celle-ci tourbillonna trois fois sur elle-même dans l'air immobile et vitré, se contracta en une turbulence fuselée, puis, à l'instant même où ses muscles magnifiés par l'effort se détendaient, disparut dans les eaux soudain brouillées, comme avalée, niée, bue.

Je la cherchai vainement autour de moi. Aucun remous. Nulle bulle. Je levai les yeux en direction des douches. Personne. Le maître nageur était occupé à réprimander un yuppie qui avait gardé sa cravate pour, disait-il, mieux flotter.

Soudain, petit miracle neptunesque, la déité réapparut sur ma droite, mystérieusement souriante, logiquement mouillée, le crâne capuchonné d'un bonnet ponceau. Son maillot de bain était le plus heureux des hommes.

J'allais – littéralement – l'aborder, quand je reconnus en elle la jeune femme que j'avais croisée sur le seuil des éditions de la CTI. Je compris que ce n'était pas à moi qu'elle souriait si authentiquement, mais à un autre nageur, un vrai celui-là, avec lunettes de soudeur et chronomètre intégré, qui se trouvait à quelques encablures de ma personne. Je reconnus immédiatement Bobrummell. Ce salopard ne m'avait pas remarqué, trop occupé à recenser, par habitude sans doute plus que par crainte, les formes affriolantes de sa compagne.

J'entrai illico en apnée profonde et m'éloignai en bouffant du lichen et en mastiquant des bébés crabes. J'allai me dissimuler derrière un type assez gros pour faire de l'ombre au Nautilus et guettai mon ancien bourreau avec une appréhension égale au volume d'eau que mon voisin déplaçait paresseusement.

La fille et Bobrummell firent quelques brasses communes et enamourées, ensuite de quoi ils allèrent s'asseoir sur un banc pour deviser assez ardemment. Le maître nageur faillit intervenir, mais la seule idée de se faire éclabousser au passage par un groupe scolaire au bord de la mutinerie le fit remonter frileusement sur son mirador d'occasion.

Je commençais à me friper aux entournures. Un avenir de batracien me guettait. Finalement, la petite sirène et son foutu ramoneur se dirigèrent respectivement vers leurs douches et vestiaires sexués et je pus, non sans m'être recouvert le visage de ma serviette, entamer une filature à faire pleurer toute la famille Pinkerton.

Quand je revis ma belle inconnue à l'air libre, je manquai succomber à ce souffle au cœur qui, depuis quatre ans, m'interdisait toute carrière olympique. L'ex-nageuse des Halles portait un bleu de travail et c'est tout. Pas de T-shirt Billancourt ou de chemise Rodier. Des bras nus qui captaient la lumière comme de l'amiante trempée dans de la glaise, un cou d'amphore où saillaient des veines fines comme des cheveux, des cheveux noirs aux reflets bleus comme jetés sur des épaules éternellement roulantes. Je n'osai imaginer sa voix : rauque, cascadée, toute hérissée d'accents cuits à Tipaza et marinés rue de la Chapelle. Pas plus que je ne me risquai à concevoir le grain de ses caresses, la texture de ses lèvres renflées d'insolence, le parfum de ses cuisses succulentes, l'ombre de…

Bobrummell lui balança une main au panier en la traitant tout haut de morue comestible. Aucun trafiquant d'armes ne passant à ma portée, je dus subir ce spectacle sans broncher. Et aviser au plus vite.

Je crus en effet un instant que mes deux proies allaient pénétrer dans l'église Saint-Eustache et sceller leur union. Mais tel n'était pas leur propos. Ils se bécotèrent sauvagement à l'ombre de ses gargouilles avant de prendre le chemin de cette triste artère ménopausée qui a pour nom rue de Rivoli. Là, l'un dévala les escaliers du métropolitain en agitant la main tandis que l'une bondissait dans un élégant omnibus en tirant la langue.

J'avais vu sa langue, je pouvais mourir heureux. Sagement, j'optai pour le monde souterrain.

Insensiblement, station après station, Bobrummell semblait se diriger vers des lieux à moi familiers. Afin de n'être pas reconnu de cette brute racée, je m'abritai sous l'auvent typographié d'un quelconque quotidien ramassé sous un siège de la rame. Mike Hammer ressuscité, vous dis-je.

Tout en surveillant le vilain, je pouvais, à loisir, détailler le charme inégalé des petites annonces professionnelles : “Société sérieuse cherche maître-chien pour surveillance nocturne, absence de diplômes requise” ; “Photographe de mode cherche mannequin célibataire, studio fourni”. Mais nulle part l'annonce rêvée : “Mécène richissime cherche correcteur à temps partiel, huit-pièces fourni si affinités.”

Cluny, tout le monde descend. Bobrummell, moi et une flopée d'autres salariés en goguette. Puis les rues trop connues de mes pas fatigués. Et pour finir, le porche des éditions de la Convivialité Transactionnelle Interprenariale.

8

Une heure et vingt-trois minutes plus tard, Bobrummell quittait les éditions de la CTI. Je reposai mon Picon-bière sur le comptoir du bar où je m'étais basé et me précipitai dans le bureau de Mirabelle pour en savoir plus.

La chère enfant était en train de faire des découpages. Elle profitait d'une pause dans sa difficile journée pour détourer savamment des patrons de minijupes qu'elle collait ensuite dans un grand cahier à spirales. La déranger pouvait s'avérer dangereux. Je fis mine d'être absorbé dans la contemplation de ses photos de famille, punaisées au-dessus de son calendrier Biba. Sur l'une, on pouvait voir Mirabelle aux côtés de son époux Patrick, dans l'attitude jubilatoire du couple qui s'apprête à laver la voiture ou repeindre les volets. Sur une autre, le chien de Mirabelle, un être visiblement unicellulaire au poil calamistré et verdâtre, se repaissait d'une charentaise visiblement célibataire. Sur une troisième…

— Eh bien, Frédéric, tu nous fais une crise de méditationite ?

Quelque part dans les limbes, le fantôme de Littré secoua ses chaînes lexicales en poussant un sinistre mugissement. Je questionnai sans détour la linotte sur la visite impromptue de Bobrummell, justifiant ma curiosité par une vague ressemblance d'icelui avec un cousin mien jadis égaré au Nicaragua (seule une touche de mystère et d'exotisme pouvait m'assurer de la part de Mirabelle une écoute attentive).

— Monsieur Vergegen a dit que c'était la personne qui allait nous informatifier tout ça. Paraît qu'il est spécialiste en logicieux et connaît même le langage des Ascii. Tu sais où ils vivent, toi, ces Ascii ? Dans les pays froids, peut-être…

Les Ascii ? Ah, oui, les Ascii. Un Ascus, des Ascii. Mais où as-tu la tête, Frédéric ? Regaffiotte-toi, bon sang !

— Chère Mirabelle, dis-je en chipant au passage une gomme oblongue et fort coûteuse qui traînait sur ses étagères, les Ascii, sans vraiment remonter à la plus haute Antiquité, sont un peuple fort doux, dont la principale caractéristique est de dormir à même la mousse des palétuviers desquels ils tirent leur ressource première. Fiers quoique passablement crétinisés par l'absorption massive du suc du lobokélé, ils s'accouplent tous les 16 avril avec les tapirs aveugles du sud de la…

— Oh, Léger ! Tu t'écoutes paraphraser.

— Tu as raison, Mirabelle. Mais pour en revenir à ce bellâtre, a-t-il nom, prénom et lettres de créance ?

— C'est un certain Benoît Lagnaeg, que monsieur Vergegen a recrutifié sur les conseils de quelqu'un de hautement placé. (Elle désigna le plafond.) On dit qu'il est expertif en ce qu'il fait, et je le veux croire. (Elle désigna mon faciès.) On t'a heurté ou quoi ?

— Pardon ?

— Je disais : on t'a heurté ou quoi ?

— Ah, tu fais allusion à mon nouveau visage. (Je palpai d'un doigt gourd l'hématome fuchsia qui me tenait lieu de front.) Eh bien, il se trouve que je suis allé voir hier soir un ami à qui je devais trois cent cinquante mille francs et qu'il n'a pas voulu m'en prêter le double.

— Tu devrais souscrire un plan.

— J'y pense.

— L'épargne, Frédinu, est la panacée universelle qui guérit tout. C'est ce que ça veut dire, d'ailleurs.

J'hésitai un court instant entre un jet de salive habilement balistiqué sur ses paupières en peau de phoque ou un baiser classé X sur son croupion informe. J'optai pour la relance verbale :

— Mirabelle, je ne voudrais pas me mêler de ce qui ne me regarde pas, mais tu as un cheveu blanc, fourchu et pelliculé.

Elle hoqueta, s'épila subrepticement le cuir chevelu, puis jeta avec rage le numéro spécial philologie suédoise de *La Quinzaine littéraire* dans la corbeille à papier qui jouxtait son soulier droit.

Peu désireux de me fâcher durablement avec cette étonnante femme, je lui demandai si M. Vergegen pouvait me recevoir. Elle tapota sur un appareil sophistiqué qu'obstruaient mille et un carrés jaunâtres à bordure gommée et attendit en se passant un ongle sous le menton, signe que son atavisme hiérarchique l'emportait sur sa profonde désapprobation.

La voix du décideur jaillit bientôt du socle magique :

— Qu'y a-t-il, ma gentiane participative ?

Mirabelle ne fut ni étonnée ni choquée par cette licence florale qui, je dois bien l'avouer, me parut se référer davantage à sa condition de potiche qu'à son teint mordoré. Elle expliqua à notre commun employeur qu'un jeune homme du nom de Frédéric Léger désirait solliciter une audience. Un monosyllabe favorable accueillit ma requête.

Sans plus attendre, je poussai la porte capitonnée du bureau de Vergegen, ignorant toutefois comment j'allais formuler mes interrogations.

— Ah, Léger, vous tombez mal, j'étais en train d'écrire le dernier chapitre de mon prochain best-seller. Vous savez, *Coachise, l'Indien des grands plannings*. Un travail de titan ! Je bute sur tout un cluster de problématiques décisionnelles et d'étanchéismes motivatoires. Vous comprendrez mon surbookage actuel. Il me faut recenser en vingt pages toutes les options majoritaires qui décentrent l'activité suppléante vers un axe projectif. Ça peut paraître infrastructuré à première vue, mais ça demande du concentrationnisme. Vous avez quinze secondes pour exposer. Soyez propre.

Je le fus :

— Benoît Lagnaeg.

— *Who's that?*

— L'informatechnicien.

— Vous l'avez croisé ? Tant mieux. À partir de dorénavant c'est à lui que vous transmissionnerez les épreuves après correction. Il est chargé de les transcodaliser sur nos nouveaux computeurs. C'est un professionnel, un homme de terrain et/ou d'expérience. Il m'a été recommandé par en haut. (Il désigna le lustre.) Vous vous y connaissez, je crois, en informatique ? Bon, très bien, alors il n'y a pas lieu de vous faire un diagramme. Et n'oubliez pas, pour combattre le stress, rien ne vaut le surmenage.

Ravaillac, Baader, Charlotte Corday, où êtes-vous, ô, mes zélés ancêtres ?

*

La situation s'étant considérablement éclaircie dans mon esprit, je me repositionnai à ma place et m'esquivai, ce qui fut fait quasi simultanément.

Frédéric, me dis-je, quand on ne comprend rien à rien, qu'on n'a pas l'étoffe d'un Burma et qu'une journée passée à ne rien faire vaut toujours mieux qu'une avalanche d'emmerdes phénoménales, que fait-on ?

On va faire les courses.

9

Mais on n'est pas obligé.

Parce que, bien souvent, les déambulations consuméristes vous projettent dans un passé douloureux. Le moindre achat, qu'il soit motivé par une ristourne publicitaire ou mûri de longue date sur une liste sévère, est capable de retourner dans la bouillie de votre mémoire la spatule du souvenir, vicieuse cuisine s'il en est. Ainsi, la vue des boîtes rondes de Benco m'aurait invariablement ramené à ma petite enfance, lorsque, les globes oculaires plus vastes que ma cavité stomacale, je renversai la totalité des facétieux granules dans mon bol monogrammé Babar, sous l'œil navré de parents qui se demandaient s'il ne valait pas mieux déposer sur mon set de table un verre de calva, moins digeste mais plus aisément épongeable.

Le rayon boucherie, avec ses phalanstères de viandes mortes, risquait de me rappeler l'époque où, impécunieux et dégingandé, je glissais honteusement sous mon parka le quadruple fuselage orangé de saucisses dites précuites. Avec les conséquences d'un geste malhonnête : la vendeuse pressant de son orteil laqué un bouton gris directement relié au bureau d'un gorille en civil, l'interrogatoire musclé à l'ombre tutélaire des caisses de limonade, l'identité soigneusement recopiée, la menace policière brandie, le chapitrage en règle, l'expulsion publique. Bref, la post-adolescence avec tous ces avatars alimentaires qui n'arrivaient pas à dissimuler un malaise amoureux ou plus trivialement masturbatoire.

Et puis j'étais incapable de passer devant le rayon enfants sans que mon cœur s'enroule, s'effiloche, se contracte puis explose comme au ralenti dans un bruissement de veines obstruées. À cause de cet enfant mort, de ce petit garçon de trois kilos deux cents grammes qui, vingt-sept jours après son anniversaire zéro, avait oublié de respirer l'air sucré de sa chambre encore sans rideaux, pendant qu'Agnès et moi dormions enlacés, épuisés par un biberon tardif et une étreinte crapuleuse. Un petit Simon aux yeux d'amour, à la bouche d'amour, aux bras d'amour, aux mollets d'amour, au nombril d'amour, un fils beau comme le jour que la nuit avait rayé méchamment de sa constellation silencieuse.

Je m'étais levé vers les cinq heures, inquiet d'avoir été réveillé par le bruit des premières automobiles plutôt que par ses trilles et vagissements. Il n'avait pas l'air de dormir. Il avait l'air mort. Il l'était. Le faible éclairage de sa veilleuse Donald se reflétait sur ses traits granitiques. Je poussai un cri qui jamais ne sortit. Mais Agnès l'entendit. Du fond de sa torpeur, elle perçut cet épouvantable silence qui hante les cauchemars de tous les parents du monde.

À l'horreur du moment succéda bientôt l'horreur de la vie. L'impossible culpabilité nous cassa en deux, en quatre, en huit, en mille – il fallut la sonnerie du téléphone pour nous secouer de cette rigidité cadavérique qu'un enfant venait de nous léguer pour l'éternité.

On nous expliqua. On nous montra des statistiques. On nous conseilla des associations. On nous invita à réitérer ce geste par lequel la vie reprend ses droits en dépit du bon sens.

Nous ne réitérâmes rien du tout. Le ressort de l'amour était faussé, nos trop rares émois ne rebondissaient plus que sur du vide, une peau flasque, des draps écrus. Nous pleurions séparément. Jamais ensemble. Nos amis puaient la vie. Nos familles puaient la vie. La vie puait, elle aussi, comme une charogne qui s'habille le matin et repousse d'un geste coquet les lambeaux de peau noirâtre qui agacent son regard d'aveugle. Et le parfum de mort qui nous soulevait le cœur à chaque instant nous interdisait de reprendre goût à cette puanteur pourtant vitale. Agnès ne voulait plus que je la touche. Elle ne voulait plus que j'approche son corps dont la chaleur et la tendresse n'avaient servi à rien.

Un soir, longtemps après, elle m'annonça qu'elle avait un amant, ou quelque chose dans ce genre, que je ne le connaissais pas, qu'elle s'en foutait, qu'elle me quittait, qu'elle déménageait, qu'elle ne m'aimait plus, qu'elle ne savait plus qui elle était. Je connaissais son amant : il s'appelait le dégoût de soi. Je le fréquentais également. On s'échangeait nos complaisances. La suite est navrante, navrante comme tout ce qui suit ce qui n'est plus. Divorce. Cartons de livres. Caisses de vaisselle. Je gardai la layette de Simon et lui laissai les photos. Chacun avait ainsi ces morbides reliques qui vous font vous relever la nuit et qu'on serre contre sa joue en guettant l'aube et son petit fracas.

J'avais eu un fils et on me l'avait tué. Les statistiques médicales me l'avaient tué. L'imbécillité de la médecine me l'avait tué. Le monde me l'avait tué. La Pologne, le Moyen-Orient, la Banque de France, le métro, la neige, le ciel, le vent du soir et les patins à roulettes me l'avaient tué. Chaque chose, chaque être, chaque seconde qui prétendait survivre était coupable. Pourtant, personne n'y avait touché. Il dormait paisiblement. Il ne faisait rien de mal. Il ne connaîtrait jamais les joies du tricycle, ne verrait jamais les loups du Jardin des plantes, ne m'appellerait jamais papa. Il ne connaîtrait ni la guerre télévisée ni les joues des filles, ni les grasses matinées les jours d'examen ni l'essoufflement d'amour. Il ne lirait jamais *Vingt mille lieues sous les mers*. Il n'entendrait jamais la voix de Jeanne Moreau dans *Jules et Jim*. Jamais. Elle était longue la liste des choses qu'une vie peut vous refourguer l'air de rien, très longue, infinie, merveilleuse, cruelle.

Pour lui, elle s'était résumée à un bout de plafond dans lequel venaient s'encadrer de temps à autre les visages lunaires de barbares nommés parents. À quelques litres de lait à jamais caillés dans l'horreur de ses yeux noirs.

Aussi je n'allai pas faire les courses. Parce que je savais très bien qu'un sinistre réflexe m'entraînerait devant une certaine girafe en caoutchouc que j'avais failli acheter la veille de sa mort, mais que je n'avais pas achetée, que je n'achèterais jamais, et qui l'attendrait éternellement, sur un rayon censément gai d'un supermarché quelconque. Saloperie de girafe… Je rentrai chez moi et débouchai une bouteille de chablis.

Je bus à la santé de Simon jusqu'à ce qu'il ne reste plus au fond de mon verre que le reflet craquelé de mon visage (du sien ? du nôtre). Puis je m'endormis à même le canapé, petit clochard néobourgeois, avec en sourdine la radio qui parlait d'attentats manqués et de numéros gagnants, de hausse du carburant et de renaissance de la foi, de tournois de tennis et d'enculage diplomatique des mouches couronnées.

Vrai, le monde, dans son impeccable ignominie, n'avait pas perdu la tête. Il la brandissait même à deux mains comme un trophée hilare.

Je ne regrettais pas d'être né, mais de le savoir.

10

Rien de tel qu'une bonne gueule de bois pour vous faire rempiler dans les responsabilités. Les miennes consistaient essentiellement en un jeu d'épreuves que j'avais omis de brosser dans le sens de la coquille. Après un laborieux savonnage des gencives et une franche bolée de Guronsan, je décidai avec enthousiasme de mériter mon salaire.

Introuvable. Le manuscrit que m'avait confié Vergegen n'était ni dans le bac à légumes du réfrigérateur, ni sous le tapis à franges du salon, ni entre le matelas et les lattes du parquet, ni même sur mon bureau de fortune. Il avait dû profiter d'une faute d'inattention mienne pour s'en aller crever dans le lointain et mythique cimetière des manuscrits.

J'essayai de remonter mentalement le cours des événements afin de situer l'instant précis où il m'avait faussé compagnie. Je me revoyais l'emporter au bistroquet où j'avais voisiné avec mes deux tortionnaires, j'avais la vague impression de l'avoir ramassé dans le caniveau après notre altercation, je croyais même me souvenir que le pharmacien l'avait posé sur son comptoir avant de m'autopsier, mais tout ça demeurait plutôt confus. Est-ce que, par hasard, Nina la kiosquière…

Le téléphone bêla, interrompant une réflexion qui commençait déjà à s'émousser (et à m'épuiser).

C'était Vergegen en personne ! Ô, sublime coïncidence des âmes destinées à s'entre-sponsoriser dans le malheur !

— Mon petit Edme, c'est vous ?

— Quasi, monsieur Vergegen. Je comptais justement vous appeler à propos du travail que vous avez cru judicieux de me confier, mais qui…

— Brûlez-le, Edme, brûlez-le immédiatement. Vous vous rappelez ce que je vous ai dit en vous le remettant ? Les choses ont pris une certaine tournure depuis et… bon, brûlez-le sans attendre. Vous allez recevoir par coursier un nouveau jeu d'épreuves, avec les corrections qui s'imposaient, si je puis dire. C'est entendu ? Je compte sur votre concrétion. Vous êtes affilié, vous saurez gérer tout ça sans dérapage émotionnel ni double-bind scrupulaire.

— Euh… oui, bien sûr… Je comptais justement descendre acheter des allumettes.

— Interaction anticipatoire : je savais que vous étiez le pivot de la situation. Allez, à bientôt, Edme !

— Au revoir, monsieur Vergeg…

Bip-bip-bip.

Driing ! Driing !

— Allô ? C'est toi, Frédéric ?

— Non, c'est sa gouvernante, Anastasia Romanoff. Puis-je prendre un message ou est-ce la Guépéou ?

Frédéric, tu n'as jamais eu de gouvernante du nom d'Anastasia Romanoff. Et la Guépéou ne prendrait jamais la peine de te prévenir.

— Tu es imbernable, Arnaud. Sois bref, car j'ai moult labeur qui m'attend.

— Voilà. Il y a ce soir au Théâtre des Filles en Feu une pièce sans entracte de la divine Alba Cranweig, une adaptation post-merdique des *Scènes de la vie du bohème*, avec ton ex roucoulante dans le rôle de Mimi-Dasein. Il paraît qu'elle est déguisée en pétroleuse et se jette du haut d'une tourelle d'acier de trois mètres quatorze. Je me disais que tu aurais envie de m'accompagner vu que j'ai une invitation pour deux et qu'après on pourrait aller croquer avec Agnès, histoire de discuter tranquillement de toute cette histoire…

— *Tiiiiiimber ! Out of question*, Arnaud. J'ai horreur du théâtre, je hais les modules combinatoires scéniques d'Alba Cranweig, même si j'éprouve une admiration sans bornes pour l'œuvre de Mürger. Quant à te jeter dans les pattes exquises d'Agnès, c'est non et non et non. Elle m'a déjà accusé de t'avoir refilé son numéro, ça suffit comme ça. Je me refuse à introduire le loup dans la bergerie. Définitif.

— Le loup dans la bergerie ! Mais tu vois pas que j'essaie de te sauver la peau ! Il y a du nouveau. Ton Vergegen est…

— Arnaud. Je ne suis plus là. J'ai déjà raccroché.

— Frédéric ! Au nom de cette amitié sacrée qui nous unit, je te somme de…

— *Fluft drin yalerick dwuldum prastrad mirplush...*

— Ah non ! Pas Swift !

Et je raccrochai. Et il dut raccrocher lui aussi.

Mais je n'allai pas acheter des allumettes. J'attendis le coursier.

*

Deux heures et vingt-six minutes plus tard, le héraut casqué débarqua avec son pli urgent, je signai en soignant mes rondes et m'attelai à la tâche. En fait, pour être tout à fait franc, je fis une petite sieste (il n'y avait rien d'intéressant à la télévision, sauf peut-être un documentaire animalier sur les baleines du lac Tanganyika, mais je n'avais jamais été un mordu des baleines, elles me rappelaient trop ma nounou de palier, une femme énorme qui, chaque fois qu'elle voulait m'expliquer un tabou, semblait émerger des abysses du non-être pour expectorer ses théories d'écervelée).

Je fis un rêve étrange, peuplé d'asphodèles et de machines à écrire de marque Underwood, un de ces rêves où chaque tronçon d'image est comme une marche bancale qui mène à quelque palier moussu où l'œil se voit agressé par des formes géométriques et vicieuses. Il y avait aussi, tapi dans un sombre recoin, un petit enfant emmailloté comme au siècle dernier, avec autour du cou un écriteau qui disait : "Ne bercez pas, je mort enfin." Absurde. Est-ce que les nourrissons meurent ? Est-ce que ces petits êtres sublimes peuvent être arrachés à l'affection de leurs parents ? Non. Bien sûr. Ce genre de choses n'existe pas. Pas plus que les chagrins d'amour ou les crises de foie.

Au réveil, mes pariétaux avaient retrouvé leur consistance moite et fripée et je décidai d'aller corriger extra-muros. Destination le diable vauvert. Là, au moins, me disais-je, je ne serais pas dérangé par les trémulements du monde moderne. Adieu, veaux nazis, vaches littéraires, cochons journalistiques ! Qu'Arnaud gagne le Pulitzer, qu'Agnès couche avec Göring ! Je n'y suis pour rien ni pour personne, et encore moins pour quelque chose, je ne fais que passer, vous m'entendez ? Passer. Glisser. Trébucher. De la muscade transitoire, du zéphyr inconsistant, un ectoplasme à gueule de toupie. Une merde diaphane, pour tout dire, qu'un rien éparpille.

*

J'étais, comme on dit, en partance. Métro, gare, guichet, compostage, place numérotée, accoudoir maculé. Je laissai le paysage aux vaches et me plongeai dans la lecture du journal. Puis re-gare, taxi, conversation du chauffeur dudit taxi (météo, chômage, inconvénients de la déraison démocratique) et enfin chemin de terre, odeur de fumier et de pneu brûlé (à la campagne, on brûle toujours quelque part un pneu, mais jamais, jamais, un de ces petits nains odieux qui poussent à l'ombre de ces fameux pneus). Portail jaune, allée de gravier, perron fissuré. Contraste. Mon fils est mort, l'ex-femme de ma défunte vie me déteste, mon meilleur ami me harcèle, mon employeur est un pourri, à part ça les magnolias s'envoient en l'air contre la pierre des murets et les abeilles jouent les Cyd Charisse sous l'œil gras du lézard de service. Gloire à Dieu et ses subordonnés !

La clef était dans le jardin, sous la meule échouée d'où saillait une brassée d'orties mâtinée de coquelicots. Des criquets s'astiquaient les mandibules, quelques mouches dansaient la gigue autour d'un mulot embaumé, le ciel ployait sous son propre poids, gris, du khôl moisi partout à l'horizon. Quelque part, un tracteur chiait dans les sillons, sans se forcer. C'était bon. J'avais au préalable fait un saut à l'épicerie du coin (sept bornes à pinces) pour m'assurer un siège sans encombre : Valstar, pâté de foie, Heineken, gazette locale. Fort Chabrol au vert, pas de quoi réveiller la maréchaussée.

*

À peine avais-je poussé la porte de la maison qu'une armada de sensations inconnues déferla sur moi : au lieu d'être brutalement assailli par ces communes senteurs qui forment comme la toile cirée de l'enfance, et dont la valeur affective n'a d'égale que la charge stéréotypée dont nous voulons bien les gratifier de peur d'y déceler quelque relent inconnu qui nous parlerait d'autre chose que de la navrante affection familiale (ouf!), je fus pris d'un malaise d'un genre nouveau, un peu comme quand on roule à bicyclette la nuit entre les champs de maïs après une boutanche de rosé frappé et que la route semble monter vers le ciel sans que vos pieds aient à exercer la moindre pression supplémentaire sur les pédales : à un léger début d'euphorie succède aussitôt le premier tour de manivelle de la nausée. Le premier coup de piston de l'horreur. Virage raté, précipice gagné.

La mort m'avait précédé.

(Dzim-boum !)

Arnaud aussi. Et pour cause. La mort, c'était lui. Couché sur le ventre au beau milieu de la cuisine, ou égorgé, ou étranglé, enfin je ne sais pas, mais mort, brisé, baignant dans le rouge vif, la tête dissimulée par un couvercle de poubelle.

Je vomis tout ce que j'avais à vomir sur mes chaussures, à savoir les sept demis pression séchés distraitement à la buvette de la gare et délicieusement accompagnés de cacahuètes grillées. À coups de gros hoquets pénibles, les yeux noyés d'une eau trop lourde et pas assez salée, je me vidai, bien moche et bien surpris.

C'est alors que je vis ses genoux.

Ils étaient en plastique. Ce qui était somme toute logique, puisqu'il ne s'agissait pas d'Arnaud, mais d'un mannequin de Prisunic (rayon ados) attifé comme Arnaud. Quant au sang qui coagulait autour de son corps disloqué, c'était de la bonne vinasse bien de chez nous. Du douze degrés cinq, exactement, à en croire les cadavres de bouteilles entassés dans l'évier. Comme si la grenadine, c'était fait pour les chiens.

Merci pour la consigne, pensai-je en gerbant encore un peu pour la forme.

Le mot "haine" venait de souscrire à l'emprunt Léger.

*

Deux heures plus tard, Arnaud l'Épouvantail trônait dans le jardin, sous l'œil goguenard d'un corbeau à la retraite. Je lui avais rajouté un collier de capsules de bière et j'avais ceint sa taille d'un tablier à pois rouges. De sa bouche saillait une carotte dont les fanes se balançaient au vent.

Ç'aurait pu être une plaisanterie. Une sinistre plaisanterie, un gag comme on en fait aux jeunes loufiats avides d'avancement et qu'un peu d'effroi remet à leur juste place, en bordure de la vie, mais une plaisanterie tout de même. La carte de visite d'un farceur las des bombes à eau et des roues crevées. La signature d'un con.

Mais le mot épinglé sur le sein gauche du mannequin, là où était censé battre – ou plutôt ne plus battre – le triste cœur en toc, n'invitait guère à la gaudriole. Chaque mot avait été découpé dans un journal (je reconnus immédiatement la subtile typo de *Paris Match*) et collé artistiquement, façon Picabia. Mais le message était clair, à défaut d'être rectiligne :

APPORTE LES PREMIÈRES ÉPREUVES LUNDI ONZE HEURES À LA BIBLIOTHÈQUE NATIONALE SINON ON RISQUE DE SE TROMPER DE PANTIN LA PROCHAINE FOIS.

J'eus l'impression d'être un copeau de bois tout stupide entre les mains de la Grande Marchande d'Allumettes céleste. Ou quelque chose d'approchant, mais je me vois assez bien en copeau, pour des questions de fibres personnelles, sans doute.

11

Je passai trois jours délicieux.

Trois jours au terme desquels je connaissais par cœur la cabine téléphonique du lieu-dit voisin. J'aurais pu réciter sans me tromper d'une virgule ou d'un numéro les instructions d'urgence vissées sur la paroi de gauche en entrant et, eussé-je été gratifié de quelque don pictural, c'est avec plaisir que j'aurais réalisé un croquis réaliste de ladite cabine. Trois jours passés à essayer de joindre l'ami Arnaud, puis ses confrères, ses amis, ses parents, son oncle roumain, sa coiffeuse attitrée, et même Agnès…

Personne n'avait vu Arnaud. Personne ne s'en plaignait. Et surtout pas Agnès.

Au journal, on m'expliqua vaguement qu'il n'avait pas rendu à temps son papier sur la prochaine campagne électorale, que s'il refaisait surface sans fournir d'explication pas trop nauséabonde on se ferait un plaisir de le mettre au placard (service des abonnements), que s'il parvenait par miracle à justifier sa fugue professionnelle on envisagerait un blâme tout aussi sévère (retrait de la carte de presse), que puisque j'étais son ami ce n'était pas la peine de rappeler, qu'on me haïssait déjà, qu'on n'hésiterait pas à me lyncher si j'osais seulement prononcer son nom une nouvelle fois devant eux, que, non, on ne s'inquiétait pas, qu'on s'en foutait, qu'il pouvait crever, que de toute façon on savait très bien au journal que tôt ou tard il passerait à l'ennemi et finirait par chroniquer des courses de taureaux pour une gazette bordelaise, que la gloire posthume est à ce prix, que…

Le journalisme français n'allait pas tarder à se moucher dans du crêpe si je ne démêlais pas cet embrouillé écheveau au plus tôt.

Car il y avait écheveau. Et il était embrouillé. Je dis ça pour ceux qui croient qu'un écheveau est systématiquement embrouillé, mais aussi pour ceux qui, ne faisant pas cette confusion, pourraient croire que mon problème était relativement soluble dans la Valstar.

*

Entre-temps, j'avais pu corriger le jeu d'épreuves nouvelle mouture que m'avait fourni Vergegen, le seul qu'il me restait, ainsi que cette affreuse chose intitulée *L'Étrange Inculpation de Belinda B.* qu'avait signée Annette Balandrais la rebelle.

Les coquilles, sémillantes comme des couronnes mortuaires sur la tombe d'une vedette de variétés enfin crevée, ne m'avaient guère posé de difficultés. Le style, lui, avait fini par me convaincre que l'ultime dépouillement baroque était la seule parade à un lectorat féru d'intrigues étiques et avide de descriptions turgescentes. Seules les dix dernières pages avaient réveillé en moi un intérêt vaguement saurien : le réfugié salvadorien s'était reconverti dans l'élevage taurin en Patagonie tandis que l'héroïne, coulée dans un bronze mortel par son amant bricolo sur la place Saint-Marc, hurlait à la dernière ligne son amour pour son père égyptien disparu lors d'une mission en Nouvelle-Zélande. Ça ne manquait pas de panache, surtout si l'on savait que la responsable de ce chef-d'œuvre avait végété dix ans dans une agence de tourisme. Comme quoi le panache tient à peu de choses.

Le texte fourni par Vergegen, lui, ne donnait pas dans la psychologie des profondeurs ni dans le lyrisme priapique. Il ne s'agissait pas non plus d'un éloge de la transdélation en vase clos communicationnel ni d'une méthode mnémotechnique à base d'algues conceptuelles. Ce qui, somme toute, m'aurait distrait. Le seul titre en était affligeant : *La Solution binale*.

Dans un premier temps, le contenu de l'ouvrage me laissa assez pantois. Outre qu'il y était fait allusion à des malversations d'ordre politico-économique dont Arnaud aurait fait son breakfast mais auxquelles je n'entendais rien, tous les noms propres avaient été remplacés par de grands X, aussi totémiques qu'évasifs.

Mais j'avais de la persévérance à revendre. Je finis par me faire une confuse mais fébrile idée de ce qui était en jeu entre mes mains.

L'année précédente, une société de marketing dont le nom n'était pas révélé (je doutais qu'XXX fût un acronyme) avait été contrainte de mettre la clef sous la porte (et ses employés sur le palier) pour une obscure raison qui, selon toute vraisemblance, était liée à un trafic d'organes. Jusque-là, rien d'extraordinaire. On ne s'attend pas à autre chose de la part d'individus qui dissertent sur l'existence comme des percolateurs ayant lu Freud et Brasillach dans le *Reader's Digest*. Mais ça se corsait très vite. Car ladite société s'était parallèlement occupée de financer la campagne politique d'un homme qui, si ma mémoire de zappeur était bonne, briguait un poste un peu plus élevé que celui de portier à Matignon. Et ce brigueur, puisqu'il faut bien l'appeler ainsi, avait été à son tour impliqué (mais seulement impliqué, un peu comme on dit éclaboussé et non mouillé, ou vendu mais pas pourri) dans une affaire de détournement de fonds humanitaires. Les deux scandales avaient été étouffés dans l'œuf (pouah !) et, surtout, personne n'avait songé/osé établir de corrélations (pour rester poli) entre l'importation sauvage de foies maliens et un affichage électoral qui sentait la greffe avariée.

Personne, sauf François Déliézons, l'auteur de cette enquête, ancien planqueur de poudre blanche chez les mécontents non syndiqués, ancien patron d'une société de vigiles, ancien corédacteur d'un essai sur les muselières psychiques (si, si). À en croire l'ami Straus et, soyons francs, la presse chiante et sérieuse.

De deux choses l'une, soit Arnaud avait raison sur toute la ligne, soit il était dans le vrai de bout en bout. Ce qui faisait de moi un mollusque obtus et d'Agnès une victime en sursis.

Mais ce n'est pas tout. Non seulement Déliézons avait établi des corrélations, mais en plus il avait accumulé un paquet de preuves accablantes qui, n'était le caviardage prudent qui oblitérait ses sources, aurait suffi, sinon à provoquer une nouvelle numérotation de notre belle république, en tout cas à modifier le paysage politico-sénile en profondeur.

Le pire, toutefois, était qu'il ne se contentait pas de démontrer par a + b l'effrayante culpabilité dudit X, postulant à la charge de X. Il tissait autour de lui un réseau impressionnant de complices (tous baptisés X) qui amenait à penser qu'il y avait quelque chose de danemarkien au royaume des énarques.

Si le livre de Déliézons sortait dans son état primitif, c'est-à-dire "décaviardé", on pouvait s'attendre à une réaction en chaîne pas piquée des hannetons. Ce qui, bien entendu, m'enchantait, dans la mesure où on n'a pas tous les jours l'occasion de gâcher autre chose que sa vie à soi.

Mais pour qu'il sorte, il fallait d'abord régler certaines formalités.

Premièrement, que ce décaviardage soit rendu possible grâce à une liste précise des noms caviardés.

Deuxièmement, qu'on possède cette liste.

Troisièmement, que je fasse un petit effort de mémoire pour me rappeler où j'avais bien pu oublier le premier jeu d'épreuves fourni par Vergegen, puisque ladite liste devait y figurer, en index à tout le moins.

Quatrièmement, que dans le cas où la mémoire ne me reviendrait pas, les éditions de la CTI possèdent toujours un double de ce jeu égaré. Et si ce n'est un double, une disquette permettant de…

Une disquette ?

C'est alors que je me rappelai l'opportune incursion de Bobrummell, alias Benoît Lagnaeg, alias l'informatechnicien, alias le fumier qui nageait comme un dieu et fréquentait une naïade particulièrement séduisante encore que très certainement nocive.

*

J'errai une heure ou deux dans la maison vide. Le lit de mes parents ployait sous un poids imaginaire près de l'âtre. Des revues et quelques polars encombraient la tablette vissée au-dessus du crucifix de mémé. À l'étage, ma chambre gardait cette patine factice qui, naïveté aidant, vous ferait croire que l'enfance était un paradis. Aux quatre murs étaient encore punaisés ces croquis autistes que ma main, trois décennies plus tôt, avait barbouillés. Curieux, je fouinai dans le vieux secrétaire sur lequel j'avais pissé mes premiers alexandrins à treize pieds. J'y retrouvai non sans stupeur une photo de moi à cinq ans, accroupi sur un tricycle rouge, une fleur à la main, la raie au milieu. J'ai changé, pensai-je. Faux, me répondit une petite voix craquelée. T'as pas changé d'un furoncle, Frédu, ta raie est toujours au milieu, comme un pointillé vicieux destiné à la hache du bourreau, et tu plies toujours les genoux sur une espèce de bolide pour paraplégique qui ne t'emmènera nulle part. Merde, il avait raison, le mort-né de moi-même. Ça faisait décidément trop longtemps que je gardais la pose, persuadé que les ans m'avaient décoiffé et que le chemin parcouru avait décuplé ma vitesse de croisière.

Je déchirai la photo. Renaître allait coûter cher.

*

Ma retraite champêtre touchait à sa fin. Je passai un coup de serpillière sur les tomettes, vidai le cendrier, entassai les canettes dans un sac-poubelle et consultai les horaires de train.

Toutes ces tâches me permirent de décompresser, cela va sans dire. Enfin, si l'on peut appeler décompresser l'acte qui consiste à imaginer son meilleur ami et l'ex-femme de sa vie en train de cabrioler dans un cimetière truffé de mines.

12

Il me fallut attendre le lendemain vendredi pour avoir un train susceptible de rallier la capitale. Nombreux étaient pourtant ceux qui s'y rendaient, mais un cheminot assis en lotus sur la voie me fit comprendre que cela ne se ferait qu'au prix de son fatal écrabouillement, vu qu'il avait la ferme intention de ne pas bouger, et qu'il allait être rejoint dans cinq minutes par une centaine de collègues – dix-sept, exactement – qui, eux aussi, joueraient aux gnous sacrés dans le mince espoir de faire fléchir une direction qui, à mille lieues de là, hésitait encore entre licencier, limoger ou réduire le personnel (elle n'avait pas osé envisager la mise à pied par souci médiatique).

Le conflit dut se résoudre dans la nuit car au matin, après avoir dormi sur un banc et plus ou moins sympathisé avec les revendicateurs en question ("sympathisé" au sens de "trinqué"), je pus prendre place dans une merveille de la technique dont le conducteur semblait très fier, ce dernier opérant des ralentis vertigineux en rase campagne ainsi que d'impressionnants arrêts sur vache, vraisemblablement destinés à favoriser notre apprentissage de la photographie animalière. Bref, à notre arrivée, on assista en gare de Lyon à une liesse qui fleurait le retour de goulag, vu la pression de l'attente.

Je sautai dans un taxi qui, moyennant l'équivalent de mon poids en francs lourds, me déposa devant la poubelle des éditions de la CTI. Je laissai un jeton de baby-foot en guise de pourboire et me ruai vers le bureau de Mirabelle.

Cette dernière était en pleine conversation avec Aphrodite.

Je veux parler bien sûr de ma mystérieuse sirène d'eau chlorée.

— Frédéric ! Je te présente Leïla Bassag, la corrigeuse qui va t'assistationner.

Elle était belle.

— Monsieur Vergegen m'a dicté de te charger de la briefer.

Elle était même très belle.

— Fred, tu me reçois charlie tango ?

J'avais déjà un faible pour elle.

— Léger, tu peux peut-être passer en manuel ?

— Euh, oui, Mirabelle. Est-ce que…

J'allais solliciter un entretien particulier avec le vieux Coachise mais quelque chose m'en empêcha.

La stupéfiante Leïla venait de me sourire comme si elle était le sultan et moi quelque infortunée fille du harem, remarquée pour son art de la tresse ou sa voix de gazelle. Et ce sourire disait : Frédéric, apprenez-moi à corriger, enseignez-moi toutes les finesses de votre art, faites de moi l'esclave de votre science, prenez-moi sous votre coupe lexicale. Ce sourire disait aussi : Toi, mon coco, tu me mangeras dans la main avant même de savoir si c'est la droite ou la gauche.

Je me faisais un peu l'effet du type à qui on donne le choix entre la corde pour se pendre et la Seine où se jeter, et qui demande timidement s'il n'y aurait pas moyen d'envisager le gaz. On peut trouver ce genre de comportement suicidaire. Moi, j'appelle ça de la trouille déguisée en peur bleue. Comprenne qui pourra.

*

Trois heures plus tard, je me retrouvais avec Leïla dans un café place de la Bastille où je l'avais conviée à venir déguster des piñacoladas.

Les dix premières que j'avalai me parurent moins grisantes qu'un seul des sourires de ma divine compagne. Elle était légèrement plus habillée qu'à l'époque bénie des Halles, mais seul un entomologiste aurait pu s'en apercevoir. Ses épaules d'un topaze narquois captaient les rayons du soleil et me les renvoyaient en gerbes folles dans les yeux, tandis que le haut de ses cuisses, géométriquement dévoilé par une jupe en cuir qu'un infime zip retenait, s'imprégnait sur ma rétine comme un fer chauffé à blanc. Elle parlait en roulant les *s*, ce qui tenait du prodige, et ne cessait de poser sa main à cinq doigts sur la mienne, qui d'après mes derniers calculs en comptait bien sept ou huit

— Ainsi, vous corrigez, me dit-elle après s'être aperçue que je répugnais à aborder des sujets autres que l'importance de la figure féminine dans l'œuvre de Henry Miller ou le rôle de la grisette chez Maupassant.

— Ce n'est pas ma faute, répliquai-je en me fiant au charme inconcevable de mon humour.

Eût-elle été de cette planète qu'elle se serait évanouie de rire sous la table. Mais elle appartenait visiblement à un autre système stellaire et ma repartie ne fit qu'exacerber sa prodigieuse langueur. Elle se pencha vers moi, posa une autre main – combien en avait-elle ? – sur mon genou, là, précisément, où on ne peut plus tellement l'appeler encore un genou, et, du bout de ses lèvres parfumées au rhum, humidifia la commissure qui me sert d'ordinaire de repose-clope.

Ah, Frédéric Léger, si tu avais pu alors te souvenir des paroles prophétiques de ton ami Arnaud, que de tristes Charybdes et de folles Scyllas tu te serais évitées ! (Arnaud disait souvent : "L'amour est fils de pute, pas enfant de bohème. Apprends ça par cœur et tu éviteras les tuiles.")

Mais je ne suis, bien sûr, qu'un immense artichaut qu'on effeuille à volonté. Un calendrier rose à la reliure en sucre. Je n'étais pas tombé amoureux depuis ma rencontre avec Agnès – si, si – et cette fille, malgré les accointances crapuleuses que je lui savais, avait réussi en un tour de langue à me faire croire que j'étais, sinon désiré, du moins désirable. Voire tripotable. Mais quand on veut se noyer, on ne s'arrête pas à ce genre de nuance.

Je réglai nos piñacoladas sans m'effrayer de leur prix relativement élevé – qu'est-ce que trois mois de salaire quand on aime ? – et, prenant Leïla par la main (encore une main !), je l'entraînai vers ce canal où vont tous les amoureux et qui n'est, finalement, que le vaste tout-à-l'égout des passions défuntes. Là, sur un banc que les pigeons avaient soigneusement repeint, je lui parlai de moi, de ma trouille bétonnée en cynisme, de cette mort arrêtée dans ma gorge par un fils supprimé, de la passion qui capitule faute de secrets protégés, de mon cœur flasque et bancroche, du bruit mat que faisait la lune en ricochant sur sa joue gauche, de la maison que nous allions acheter et qui n'aurait pour seul mobilier qu'un lit octogonal afin que nous puissions faire l'amour huit fois de suite sans nous cogner la tête contre la saillie d'un putain de merde de radiateur, des rêves que je faisais enfant, de ceux que je détruisais adolescent, de la suprême félicité qu'il y aurait à nicher mon menton entre ses seins, de la nuit qui était comme une grande panthère noire nous dévorant tous deux sans jamais rugir, ni bondir, ni feuler… Oui, je crois que je suis allé jusqu'à parler de panthère qui feulait. Vraiment cuité.

Elle devait être follement amoureuse pour m'écouter débiter toutes ces faridondaines.

Je lui proposai de me raccompagner.

Elle accepta en peignant mes cheveux de sa treizième main.

Je jubilais. J'étais vivant.

Une fois de plus, je léchais le miroir de ma crasse complaisance envers moi-même, yeux fermés, bas-ventre en promo. Bravo l'artiste, tu apprends vite. La méthode Léger va faire fureur chez les aveugles du palpitant…

*

Ce fut elle qui m'aida à monter les marches de mon immeuble, elle qui attendit patiemment que je vomisse, puis me sécha le visage comme l'aurait fait une grande sœur, elle qui m'expliqua comment déboutonner son chemisier, m'aida à trouver la fracture de ses cuisses dans l'immensité nocturne de sa chair, elle qui, dans un sursaut de compassion, m'amena en elle pour une trentaine de secondes factices et frauduleuses. J'aurais aimé qu'on m'aime, je me contentai qu'on me pardonne. Elle m'offrit même un petit râle, comme un pendentif bon marché qu'on chaparde au dernier moment. Tiens, Frédu, un petit orgasme. Il brille pas ? Et alors ?

*

Quand je me réveillai, elle était partie et n'avait laissé que son odeur : un rêve de curry, cette fragrance enallée des peaux coriaces que la sueur magnifie. Je crus même distinguer l'empreinte de ses cuisses sur la surface de mon abdomen. Pour mon plus grand plaisir, quelques poils pubiens lui appartenant ocellaient encore l'oreiller. J'envisageai une collection.

Mais le fait est que je ne me rappelais distinctement qu'une chose. Une simple question susurrée sous l'édredon, quand le plaisir eut fini de se moquer de moi :

— Frédéric, tu l'as gardé ce jeu d'épreuves que monsieur Vergegen t'a demandé de brûler ? Dis, tu l'as gardé ?

*

C'est donc pris d'une douloureuse prémonition doublée d'une cuite matelassée que je fonçai, une fois mes ablutions complétées, aux éditions de la CTI.

Mal m'en prit. M. Vergegen était allongé sur le sofa d'ordinaire réservé aux auteurs en jachère et pleurait des larmes de manager. Sa cravate monogrammée gisait à côté de lui, lovée, tel un serpent hip-hop, sur un tas de disquettes. Par la porte entrouverte de son bureau, j'aperçus deux choses qui me troublèrent au plus haut point. L'étron sculptural n'était plus sur son piédestal mais dans la corbeille à papiers. L'écran du Performa 5 200 de M. Vergegen, avec ses obscènes fentes multimédiatiques, affichait une tête de mort hilare dont chaque pixel reproduisait à son tour un crâne ricanant. En dessous défilait imperturbablement un texte en caractères magenta :

SYST/ERR. MAJ. 335-PLUS - 45 TROJAN HORSES NO BACK-UP RESTART IMPOSSIBLE YOU MOTHERFUCKER.

Ce qu'on pourrait approximativement traduire par : "Suite à une saloperie de virus, veuillez vous reconvertir dans la vente au détail d'allumettes."

Mirabelle arriva peu après, porteuse d'un verre d'eau et d'un comprimé jaunâtre que M. Vergegen s'empressa d'avaler. Je crus bon de me racler la gorge, ce qui les fit sursauter tous les deux.

— Frédéric…, balbutia l'homme qui était aussi mon patron, Frédéric, c'est la merde.

— La merde totale, renchérit Mirabelle qui, je m'en aperçus, avait ôté ses chaussures.

Face à une telle franchise et un tel dépouillement vestimentaire, je ne sus quoi répondre. J'attendis de plus amples détails sur les origines de cette colique nerveuse.

— La merde, Frédéric, la chienlit absolue ! On baigne dans le…

— CACA ! hurla alors Mirabelle.

Vergegen se tourna lentement vers sa secrétaire, lui sourit comme le ferait un père de famille pointant à la Wehrmacht et lui balança une gifle force 5, faisant monter d'une octave les ululements de cette dernière. Il la saisit alors violemment par le bras et l'entraîna vers les toilettes.

Je courus derrière eux, redoutant le pire. Mais Vergegen se contenta de coller la bouille de Mirabelle sous un jet d'eau glacé, vous savez ces merveilleux petits geysers post-modernes qui montent des éviers en faux marbre et qu'on actionne le plus simplement du monde en cherchant pendant vingt minutes le bouton de mise en marche alors qu'il suffit tout bêtement, mon Dieu pourquoi n'y a-t-on pas pensé plus tôt, de passer sa main au-dessus d'une cellule photoélectrique disposée, on se demande tout de même pourquoi, à côté de l'interrupteur octogonal qui déclenche instantanément le remplacement automatisé des sièges de cabinet, lesquels se relèvent comme par magie pour réapparaître quinze secondes plus tard, évitant ainsi l'incrustation pathogène de toutes ces tares microbiennes qui pourraient mettre en péril le bon fonctionnement de l'entreprise et infléchir sa courbe de croissance.

Entre-temps, Mirabelle avait recouvré ses esprits.

Je décidai d'attendre que tout ce beau monde récupère un brin de civilité à mon égard et m'en allai fureter dans les bureaux. Tous les ordinateurs affichaient le sinistre kaléidoscope piratesque avec une constance affligeante.

— Frédéric !

M. Vergegen se tenait derrière moi, un coupe-papier à la main, courtaud Rambo blafard. Je ne l'avais jamais vu si moite et si désincarné, l'air à ce point abattu et humain. Peut-être était-ce le moment de suggérer une avance substantielle ?

— Que s'est-il passé ? fis-je en redoutant sa réponse.

— Ce qui s'est passé, c'est qu'on nous a bogué la gueule. Voilà ce qui s'est passé. Ce jean-foutre censé informatiser la boîte a laissé dans nos bécanes une pourriture de virus de chiottes qui a tout niqué, tout, et en plus il a effacé toutes les disquettes, il ne reste plus rien, c'est la merde, la chienlit puissance dix…

J'étais sidéré par la façon extraordinairement normale, quoique prosaïque, dont me parlait M. Vergegen.

Il était devenu compréhensible. Quelque chose s'était décoincé dans son cervelet et le voilà qui s'exprimait avec une clarté, une limpidité, une simplicité quasi rustique qui prouvait qu'au fond, il était resté ce jeune adolescent nerveux qui devait sortir d'Assas en appliquant de franches bourrades dans le dos de ses camarades avant d'aller boire un Fernet-Branca au bistro et de rêver aux holdings qu'ils allaient créer ensemble quand le dernier mao aurait été étranglé avec les tripes du dernier trotskiste.

— Edme, êtes-vous sûr de m'avoir bien auditionné ? me lança soudain l'ami Desmond en lissant la matière feutrée qui lui servait de cloche capillaire.

Chassez le naturel par la porte de la boucherie, il rentre aussitôt par la fenêtre de l'abattoir.

Vergegen s'était ressaisi.

13

— Arnaud !

Mon ami Straus avait la tête de quelqu'un qui s'est abonné à *Ma Paroisse* et qui vient de recevoir la collection complète de *Hara-Kiri*. Il se tenait sur le pas de ma porte, légèrement vacillant, et je lui fis signe d'entrer, vaguement accueillant. Il cessa alors de jouer les héliotropes chancelants pour s'écrouler à même le seuil de mon appartement. Ce n'était pas dans ses habitudes.

Un gruyère-beurre, trois Picon-bière et onze Stuyvesant menthol plus tard, il était redevenu l'homme à la station verticale que j'avais toujours connu. Mais son visage ressemblait désormais à une porcelaine de Limoges sur laquelle on aurait oublié un vieux gorgonzola pendant trois semaines. Je le lui fis remarquer, il me colla une baffe et le patron du troquet où nous avions échoué vint vérifier que nous n'avions pas une querelle concernant qui paierait les consommations.

— Mais qu'est-ce que t'es encore allé merder, Frédéric ? Tu vois une flaque bien huileuse, avec tout ce qu'y faut d'étrons en surface, et non content de te mirer dedans, faut que tu goûtes ?

Et Arnaud de m'expliquer que trois teigneux armés l'avaient retenu prisonnier deux jours durant dans une cave quelque part en banlieue pour essayer de lui soutirer des renseignements concernant un certain “jeu d’épreuves”.

Je commençai à éplucher l’étiquette de ma bière.

Il n’avait dû son salut qu’à l’intervention d’une jeune femme “typée” – sacré Arnaud ! – qui avait rappelé à l’ordre, et à temps, les molosses et lui avait conseillé d’oublier ce qui s’était passé, et que d’ailleurs ce n’était pas fini. Et qu’elle n’aimait pas sa prose d’éjaculateur précoce et qu’il ferait bien de surveiller ses fréquentations.

D’où – j’explique – la baffe en guise d’apéro. Je comprenais. Pardonnais. Et tripotais stupidement mon sous-bock.

— Mon pauvre Léger, t’as mis les pantoufles dans une bouse politico-cradingue qui va te remonter par le calcif jusque dans les narines. Pour ce qui est de ton idée géniale de publier le texte non caviardé, il en est hors de question. Pour les raisons suivantes.

— Hein ?

— Tu veux bien m’écouter, oui !

— Je t’écoute, Arnaud.

— Alors cesse de mater la mifle qui joue au flipper avec ses hanches et branche-toi presto sur fréquence Arnaud, parce que ce que je vais te dire relève du sérieux d’État.

— Oh.

— Primo, tu ne peux pas rendre public ce texte, puisque tu ne l’as pas. Et tu ne l’as pas parce que tu l’as perdu. Deuxièmo, si par un hasard hallucinant tu remettais la main dessus, il n’y aurait qu’une solution : le filer à ces chemises brunes qui, coïncidence, le veulent justement. Car, suis-moi bien et cesse de jouer avec ce porte-clefs infantilisant, si tu ne leur obéis pas, il se passera les choses suivantes : ils m'occiront, ce contre quoi je m'insurge, ils t'aplatiront, ce qui serait fâcheux car tu me dois trois mille balles, et ils élimineront certainement tous ceux qui ont le malheur de te connaître, à savoir nommément Agnès, Suzette et va savoir qui encore. Pigé ?

— Non.

— Bien, nous progressons. Maintenant, suis-moi attentivement. À première vue, je dirais que ton Vergegen a voulu faire cavalier seul et qu'il a envisagé de publier ce brûlot tel quel. Pourquoi ? Il est pourtant spécialisé dans les livres axés sur l'exploitation du prurit mental, non ?

— Si.

— Alors je repose ma question : pourquoi ?

— Je te reformule ma réponse : aucune idée. Il a peut-être subi des pressions.

— Mais enfin, il a bien dû te faire certaines recommandations concernant ce texte ?

— Sûrement. Mais je me suis endormi lors de notre dernier entretien.

— Classieux. Nous avançons à pas de géant. Jupiter n'est plus qu'à un jet de pierre. Bon, admettons que j'aie eu raison depuis le début.

— Le début de quoi ?

— Te retourne pas, Frédéric, il y a un iguane qui écoute Sonic Youth au walkman derrière toi.

Machinalement, je jetai un coup d'œil par-dessus mon épaule. Arnaud en profita pour me pincer la joue.

— Aïe ! T'es con ou quoi ?

— Je vérifiais que t'étais pas un hologramme. Bon, on déplie les ouïes et on prend des notes, d'accord ? Je continue. Vergegen, grondé par ses chefs, décide de faire machine arrière, et te donne en remplacement du premier jeu d'épreuves un second, caviardé celui-ci. Mais t'as bien dû te rendre compte que, même censuré, le bouquin pourrait faire scandale.

— Je t'écouterais pendant des heures, Arnaud.

— Sous-crotte, va. Ce que j'essaie de te faire comprendre, c'est que manifestement il y a baleine sous gravier.

— Tu veux dire anguille sous roche ?

— Garçon ! Un autre Picon-bière pour mon ami !

— Merci, Arnaud. Je savais que je pouvais compter sur toi.

*

Deux heures plus tard, on avait cessé de se croire dans une bobine égarée d'un film d'espionnage des années soixante-neuf pour toucher à des terres moins mouvantes où des esquisses de plan s'avéraient possibles.

Je me faisais un peu l'effet d'un conspirateur sur le point d'être primé aux comices agricoles, mais dans l'ensemble je trouvais qu'on se débrouillait pas mal au niveau stratégique. Certes, on avait affaire à des longs couteaux, des briseurs de rêve de première, mais mon complice-journaliste n'en était pas à son premier raid. Il avait amassé tellement de documentation sur ces types qu'on pouvait espérer, sinon les faire tomber, tout au moins leur glisser une peau de banane sous la botte. Je me rendais vaguement compte que je risquais d'y perdre mon emploi et quelques dents, mais Arnaud me fit miroiter une chaire de prote au sein de son consortium. Et puis j'avais de la haine à revendre. Au kilo.

De la haine ? Même pas. Un embryon de ressentiment baignant dans du placenta vaguement frémissant. Il faudrait faire avec. En attendant la curée.

Comme je le déclarai à Arnaud en le quittant, finalement tout cela n'était qu'un jeu d'enfant.

Deuxième baffe. Bien méritée, soit.

14

Je n'avais pas mis les pieds à la Bibliothèque nationale depuis au moins deux ans. La dernière fois que j'avais franchi ses portes, c'était pour faire des recherches sur un cordonnier communard spécialisé dans les barricades inutiles. Du temps à perdre, comme on voit.

Entre-temps, le système de commande des livres avait été informatisé. Des files aussi indiennes qu'impressionnantes serpentaient désormais depuis un terminal vert fluo, files composées de jeunes boursiers et de papis émérites, les premiers expliquant aux seconds les rudiments de “la machine” dans un langage bâtard issu d'une pratique assidue de la console Nintendo du petit frère, les seconds expliquant aux premiers les rudiments de la politesse dans un langage vieux-con issu de la pratique assidue de la vie tout court. De temps à autre, un employé venait démêler les ersatz de malentendus qui fleurissaient comme morilles en Bourgogne et tentait de convaincre une Brésilienne passionnée d'héraldique qu'il était nécessaire de taper la séquence 8° lb^{56} 1469 si elle voulait qu'on lui apporte avant le Jugement dernier la plaquette en cours de restauration qu'elle n'obtiendrait de toute façon pas avant deux ans.

Je m'étais vu attribuer la place 62, la seule bénéficiant d'une lampe dont l'ampoule clignotait et par conséquent distillait une interlope lumière de discothèque dans ce lieu encore fermé à la dimension *rave*. Je déposai sur la tablette une épaisse chemise rouge contenant…

— On se lève gentiment et on suit le monsieur, fit une voix que j'identifiai sur-le-champ comme étant celle de Bobrummell.

Je me levai gentiment – de toute façon c'est obligatoire à la Bibliothèque nationale – et suivis le monsieur. Du coin de l'œil, j'aperçus son alter ego qui taillait une bavette à coups de mains baladeuses à une petite Eurasienne censée aiguiller les visiteurs non munis de carte vers la sortie. Il croisa mon regard, se passa un doigt jauni sous sa narine gauche comme si celle-ci était encombrée par une quelconque substance prohibée et emboîta le pas à l'autre dandy.

Je tenais toujours serré contre moi le dossier fatidique contenant…

— Tourne à gauche.

Bien. Enfin des indications claires.

— Tourne à droite.

J'adore être piloté. D'autant plus qu'Arnaud nous avait à l'œil. Si tant est qu'il fût venu au rendez-vous. Je restais néanmoins confiant. Je savais Agnès et Suzette en sécurité. Bon, d'accord, il avait fallu convaincre mon ex du bien-fondé des théories d'Arnaud, ce qui n'avait pas été une mince affaire. Elle n'avait accepté de se laisser bunkeriser que vingt-quatre heures, le temps selon elle que je mesure l'étendue de mon ineptie. Quant à Suzette, Straus avait eu l'idée géniale de l'installer confortablement dans un fauteuil de cinéma, quelque part sur la rive gauche, où passait une rétrospective Griffith. Nina, elle, restait introuvable. Pourtant, je ne voyais qu'elle pour avoir récupéré mon jeu d'épreuves.

Restait à savoir si ce plan allait marcher et si mes deux baby-sitters ne s'offusqueraient pas quand ils découvriraient que l'épaisse chemise rouge contenait…

— On prend le tunnel.

Bobrummell désignait par là cette galerie marchande, refaite à neuf, et désormais entièrement dédiée à l'apologie du luxe laid, inabordable, aseptisé et pas pour moi. On appelait autrefois ces lieux des "passages". Aujourd'hui, ce sont tout au plus des transits, où le carrare fuchsia rivalise de bon goût avec l'onyx pisseux et où des écrans imbus de leur propre cathode affichent un miroir crypto-hygiéniste réservé à l'élite (j'entends par élite cette classe sociale qui n'a jamais exercé le métier de correcteur ni bu de Valstar).

Les jardins du Palais-Royal étaient déserts. Rue de Rivoli, une Honda Civic beige avec une vignette périmée et un autocollant ATTENTION CONDUCTEUR MÉCHANT grignotait le trottoir. Seul l'instinct de survie m'empêcha de glousser.

Le méchant conducteur en question était de pure race française. Du moins avait-il l'air de le croire, affublé qu'il était d'un pin's Pastille Vichy à la boutonnière et d'un regard bleu Maginot qui frisait la démence patriotique. Sans un mot, nous nous glissâmes sur la banquette arrière et le véhicule démarra.

Une fois de plus, j'espérais qu'Arnaud avait eu le temps de passer son permis de conduire pour pouvoir nous suivre plus aisément. À moins qu'il n'ait eu la riche idée de piquer un vélo à quelque Hollandais frivole ou un scooter au coursier du coin. Une fois de plus, seul l'instinct de survie m'empêcha de me retourner pour vérifier s'il nous filait.

Nous parvînmes bientôt dans le chaleureux quartier de la Défense. Après quelques virages agrémentés de jurons gallo-gaulois, notre chauffeur pila devant une BNP et entreprit de consulter son plan de Paris. Mais comme chacun le sait, le quartier de la Défense ne figure sur aucune carte, ou alors il s'agit d'une farce peu louable. Heureusement, Bobrummell n'était pas en reste de techniques contemporaines. Il sortit de sa poche d'alpaga un Newton-pad qu'il martyrisa consciencieusement pendant dix minutes jusqu'à ce que l'engin lui révèle l'itinéraire idoine. À la suite de cela il fit apparaître comme par magie dans sa main dextre un bi-bop au moyen duquel il contacta, tout naturellement, le big-boss. Je m'attendais d'une seconde à l'autre à ce qu'il sorte un percolateur miniature de sa narine gauche et me propose un café.

Et tout ce temps, le fameux épais dossier rubicond tremblotait sur mes genoux.

Soudain, sans prévenir, Cœurdenave s'empara du jeu d'épreuves tant convoité, le soupesa d'un air ostensiblement satisfait, un peu comme le ferait un boucher d'une côte de porc riche en os, ouvrit la portière, fit trois pas dans la rue et le balança sans même l'avoir ouvert dans une poubelle métallique.

Mon cœur se serra. *L'Étrange Inculpation de Belinda B.* risquait de ne pas paraître à la date prévue et Suzette de m'en vouloir pendant quelques décennies – et l'autrice, Annette Balandrais, de maculer de rimmel le contrat de son éditeur.

J'aurais bien aimé me payer le luxe de quelques questions cruciales, mais visiblement mes ravisseurs n'étaient pas d'humeur phatique. Nous nous garâmes après moult manœuvres rotatoires devant une espèce d'entrepôt désaffecté, tout en verre et noires tubulures. Une porte avec l'inscription PRIVATE ONLY fut ouverte au moyen d'une clef ressemblant à un kriss balinais.

*

Gamin, j'avais un jour croisé dans un chemin de terre une vache devenue folle. La pauvre bête avait franchi sa clôture en s'éventrant partiellement et errait depuis l'aube en poussant des mugissements odieux. Quand elle me vit, une bande dessinée de *Bob et Bobette* sous le bras et une tartine au beurre de cacahuètes à la main, elle tomba à genoux devant moi comme une moissonneuse qui cale. Complètement inconscient, j'étais sur le point de lui caresser le petit carré de laine gris sale qu'encadraient ses deux cornes quand je perçus, dans ses yeux pas si bovins que ça, une lueur qui disait : "Ne me touche pas, petit con d'humain. Tu ne me connais pas."

Aujourd'hui, la vache, c'était moi. Moins les cornes.

DEUXIÈME PARTIE

15

Quand la porte se referme derrière moi, il est trop tard. Trop tard pour tout. On me pousse, je bascule, un pied m'explose à la tempe, quelqu'un taquine un interrupteur, une aurore pénible fait trembler le crépi des murs, deux bras me soulèvent, une paume m'aplatit le nez, un genou m'empêche d'avaler ma langue, puis je vomis, du sang ou de l'eau salée, je ne sais pas, j'ai mal partout, et très peur, j'entends le bruit d'un meuble qu'on déplace, d'une chaise qu'on tire, on me tord les bras, on me ligote les poignets et je me retrouve allongé, le visage contre le métal granuleux d'une table.

— Il a pas l'air con comme ça, fait une voix.

C'est le débile.

— Rien par rapport à ce qui l'attend.

C'est le racé.

Et soudain, voilà que je sens au creux des reins une douleur épouvantable. Un type – un troisième, que je n'avais pas remarqué – s'amuse à m'enfoncer un objet pointu dans le bas du dos. Je gueule. Bobrummell me pète deux dents avec sa Rolex. Je bouffe ma langue. Une claque m'assourdit sur la droite.

Peut-être devrais-je poser une question. Oui, ça me paraît une bonne diversion.

— Qui êtes-vous ?

— Ta gueule !

Entendu. Essayons autre chose.

— Qu'est-ce que vous me voulez ? Je vous l'avais apporté votre jeu d'épreuves, fallait pas le balancer…

— Ta gueule ! Où se planque Agnès ?

Je me fracture. Déglutis ma vie.

— Qui ça ?

— Richard, monsieur n'a pas compris la question…

— Non ! D'accord, je la connais très bien, mais elle n'a aucun rapport avec tout ça !

— Oh que si, petit. Vu qu'elle couche avec l'autre trapu.

— Hein ?

— Ouais, Vergegen. Et pas qu'avec lui, vu qu'elle se vautre aussi à l'occasion dans le plumard de Déliézons.

Ils mentent.

— Vous mentez !

— Richard, monsieur ne nous croit pas. Montre-lui les photos.

Richard sort une grosse enveloppe de son blouson et la secoue gentiment au-dessus de ma tête. Une quinzaine de clichés me fouettent le visage et s'éparpillent à quelques centimètres de mes yeux. Je ne vois rien. Je ne veux rien voir.

Puis je vois.

Une photo, en particulier. Agnès de trois quarts embrassant Vergegen à la terrasse d'un café. Puis une autre : Agnès, nue, à cheval sur un quidam que je ne connais pas, un type avec une barbe de onze jours et des mollets noueux. Je vomis, je m'étouffe, je perds connaissance.

Une pluie m'éclabousse de l'intérieur, quelque part une digue rompt, des galets se coincent entre mes doigts, je revois le sourire de mon père le jour de ma naissance, il neige, j'ai chaud, j'ai chaud, j'ai chaud…

Un rêve me kidnappe. Arnaud est dans la rue, il court, un appareil photo à la main, et il hurle mon nom, déformé, "Féridique Féridique Féridique !", puis il trébuche sur quelque chose et l'appareil s'envole très haut, il tournoie et disparaît, et quand il retombe, c'est devenu un crâne, le crâne d'Agnès.

La neige a fondu, mon cœur est reparti. Seau d'eau dans la gueule. Retour au cauchemar, au vrai.

— Bon, alors elle est où ta pouffiasse ?

Du dégoût à la trahison, il n'y a qu'un pas que je ne franchirai jamais. Jamais.

— Dans un hôtel, je suppose. Je sais pas lequel.

— Richard, le monsieur veut un annuaire.

Richard, qui a le sens de l'humour, m'assène un bottin sur l'occiput. Mon menton s'incruste dans le plateau métallique. Je bave des copeaux rouillés. Mes yeux ne voient plus que l'intérieur de ma carcasse : ombres molles, viandes silencieuses, et une valve frémissante qui laisse deviner par éclipses un gamin châtré. Je dois réagir.

— Mais qu'est-ce que vous lui voulez à Agnès, à la fin ?

Silence. Puis :

— Richard, va chercher monsieur Tarnos.

*

Trois heures plus tard un taxi me déposait devant l'aéroport de Roissy. J'avais cent mille francs dans une mallette à code et obligation de m'expatrier sur une île. Mais surtout, je ne me reconnaissais pas dans les reflets que me renvoyaient les vitrines et les parois en aluminium du terminal. Le type que je voyais en face de moi ressemblait furieusement à une ordure. Et quand il essayait de sourire, on entendait frémir le sang dans la cuvette entartrée de son être.

On dit que le dégoût de soi peut conduire à d'étranges extrémités. C'est faux : il ne conduit nulle part.

16

Pour parler, j'avais parlé. J'avais même fait plus que ça. J'avais bavé. Un long écoulement de salive grasse et tiède où surnageaient des mots qui me cisaillaient les gencives et m'ébranlaient les molaires. J'avais été incapable de leur dire que le fameux jeu d'épreuves qu'ils recherchaient, je l'avais bel et bien paumé. Je ne voulais pas en rajouter dans l'inconsistance... J'avais donc avoué l'avoir jeté. Très fin. Ça revenait au même, non ? Ils m'avaient cru. Un peu trop facilement, peut-être. Quelle importance, puisqu'ils avaient promis d'aller vérifier. Auprès d'Agnès. D'Arnaud. De Nina. Ils savaient où les trouver, maintenant. Ils allaient même pouvoir apprécier le coup de manivelle de Griffith.

J'avais tout balancé. Les adresses, les codes, les numéros. Agnès logée chez un confrère d'Arnaud, Suzette planquée dans sa salle obscure. Arnaud sûrement dans les parages. Nina quelque part entre la rue Maurice-Joly et l'avenue Liabeuf.

Coût de la bavette : cent mille francs.

Plus les retenues : Agnès souillée en négatif, surexposée dans l'horreur d'un instantané.

Assis, là, sur ce banc en Plexiglas dans la salle d'attente de l'aéroport, à écouter les gens décrire les pays qu'ils allaient voir et ceux qu'ils avaient vus, à regarder passer toute cette humanité lestée de valises, de mômes, de revues, de sandwiches et de cartes d'embarquement, j'en venais à me dire qu'elle avait intérêt à être sacrément ensoleillée cette putain d'île cancéreuse où j'allais me faire parachuter, sacrément ensoleillée, oui, avec juste ce qu'il faut de sable et de conques broyées pour bouffer autre chose que mes propres excréments jusqu'à la fin des jours, et bien assez de flotte bleue pour laver toute la dégueulasserie de ma personne. Profession ? Délateur. Motif? Hein ? Quoi ? Quel motif? La douleur, le coup de cafard, la jalousie ? Même pas. Tout juste. Le contexte ? Délicat, le contexte. Plus que délicat. Depuis le début je n'avais rien compris. Rien voulu comprendre. Ça puait la réalité et je tenais à mon hygiène, mais maintenant c'est moi qui puais, moi qui affichais réel ras la gueule, qui daubais le trafic d'organes et la propagande républicaine, qui marchais sur des foies de gamins maliens en chantant des hymnes patriotiques, une liasse de biftons gammés à la main comme la semeuse aux longues foulées impuissantes.

— Vol 2487 à destination de Bangkok…

Pas assez cher, pensai-je. Pas assez loin.

Pour cent mille balles, je devais pouvoir faire trois fois le tour de cette boule nappée d'ozone avant de poser ma bidoche sur une grève chaude et ombragée. Ben voyons. Et peut-être même que j'allais recevoir d'excitantes cartes postales, du style : "Merci pour tout. Ai crevé lentement. Agnès." Ou encore : "Le plus dur, ç'a été d'avaler mes tripes. Sans rancune. Arnaud." Et Suzette, elle écrirait quoi ? "J'ai pas très bien entendu ce qu'ils disaient, mais ça avait l'air important vu le sang qu'ils m'ont fait pisser pendant douze heures d'affilée. Suz."

Rien de très impressionnant. Je n'aurais qu'à prendre ma plus belle plume et tracer des mots consolateurs : "Vous ne perdez rien au change. Ici, même les requins refusent de me boulotter les orteils."

Je suis resté dix-sept heures sans bouger sur ce banc, la mallette plaquée sur mes genoux, la tête dans les mains, à chercher quelle destination j'allais bien pouvoir choisir qui me permettrait de n'éclabousser personne quand je vomirais ce qu'il me restait de honte. Je ne pensais plus qu'à ça : une île ronde comme un trou pratiqué à la carabine sur le cul bleu de la mer, avec un vrai petit palmier truffé de singes chahuteurs, et une musique effrayante venue de nulle part, quelque obscène salsa que j'écouterais en vidant verre de rhum sur verre de rhum sur verre de rhum sur verre de rhum... C'était une vision écœurante, débilitante, mais de toutes celles qui traversaient mon esprit, c'était la seule qui pouvait m'empêcher de craquer.

Et puis, alors que la dix-septième heure s'achevait dans un carillon insupportable, j'ai revu comme en rêve les photos que m'avait montrées le dénommé Richard. Et quelque chose s'est imposé à moi avec toute la laideur d'une gorgone ventrue.

Au dos d'un des clichés, celui sur lequel Agnès baisait avec Déliézons, il y avait comme un tampon, pas très bien imprimé, mais néanmoins reconnaissable. Le genre de trucs personnalisés que les photographes amateurs apposent machinalement au dos de leurs clichés une fois que ceux-ci ont fini de sécher à la lueur rouge de l'ampoule. Je le revoyais très bien, à présent, ce tampon, cette empreinte pourtant à moitié effacée. Elle se mettait même à s'animer, à s'ébrouer. Et à galoper.

Oui. Une belle jument qui galope, crinière au vent.

Une jument comme on n'en voit que sur la carte de visite d'un certain journaleux de mes deux. La marque de fabrique du têtard Arnaud Straus.

La mallette a fini sous la tête pelée d'un anonyme qui ronflait à même le carrelage des toilettes, un type qui n'avait pas l'intention de prendre d'avion avant l'abolition des derniers privilèges et qui, à son réveil, reconsidérerait peut-être la question. Ou se paierait une cuite phénoménale. Dix mille Heineken pression bues à la chaîne sans désespérer du genre humain, ça doit vous remettre d'aplomb, non ?

17

Déliézons ne figurait pas dans l'annuaire, mais Mirabelle avait eu l'idée géniale de noter son adresse sur un post-it, lequel, pour une raison que j'ignore, ne s'était pas décollé de son support mural malgré les deux heures de sèche-cheveux auxquelles s'était adonnée notre potiche parisienne.

— Tu en as le besoin pour quel objectif? m'avait demandé la Brunet en admirant la splendide poupée alsacienne que lui avait offerte Vergegen pour ses vingt et un ans.

— Pauvre fille, avais-je répondu.

— Je vois qu'on t'a encore heurté, Frédéric. Souscris, ça devient vitaliste.

D'un grand coup de pied, j'ai envoyé valser le petit meuble à roulettes sur lequel ronronnait son fax.

Mirabelle a poussé un cri. Du coup, le grand Vergegen en personne a jailli de son bureau.

— Qu'est-ce que…

Il a vu quelque chose dans mon regard qui a fait taire aussitôt chez lui toute velléité de palabre.

J'ai fait deux pas vers lui, je l'ai attrapé par la cravate et j'ai tiré ce qui allait avec vers moi jusqu'à ce que son gros tarin touche mon nouveau nez soigneusement cassé et plein de reniflements douloureux.

— Écoutez-moi bien, Vergegen. Je sais pas trop pour qui vous roulez, et à quoi tout ça rime, mais si j'étais vous, je prendrais des vacances. Parce que quand j'aurai compris certaines choses, vous risquez de figurer au palmarès de mes haines.

— Mais enfin, Frédéric…

Mon genou est remonté tout seul, comme un piston furieux qu'une bouffée de vapeur affole. L'autre costard s'est plié en deux, ses trente et une dents en vitrine et ses pupilles en quinconce. Mirabelle a fouillé dans un tiroir à la recherche d'une boîte de pansements. Je me suis fait un plaisir de refermer le cher tiroir sur ses doigts d'inutile.

*

Le taxi a pilé au bas de l'avenue d'Iéna. Il était midi. Le ciel était d'un bleu ahurissant. En son centre brillait le soleil, avec ses taches à peine discernables par l'œil humain. Mais moi, je les voyais parfaitement. J'avais les mêmes gravées sur la rétine. Répétées à l'infini dans chacune de mes cellules nerveuses. J'étais une catastrophe humaine en manque d'expansion. Le chauffeur a compris d'emblée que ce n'était pas le moment de plaisanter. Il a laissé la radio faire la conversation.

— On y est, a-t-il maugréé en tirant sur son frein à main. Quarante-deux francs.

Je lui ai filé cent balles et j'ai claqué la portière. Ça lui ferait toujours cinquante-huit francs à écluser pour oublier qu'il avait véhiculé un mort en sursis.

Le numéro 67 correspondait à un immeuble aussi bourgeois que promis à des ravalements exorbitants. La porte cochère, grande comme l'entrée de service du Taj Mahal, était défendue par un interphone très avenant. Il n'y avait que trois noms : Société Exp/ Imp Marshall. Dr Malbrel. Et F. Déliézons.

J'appuyai sur la sonnette de ce dernier pendant quinze bonnes minutes.

Personne.

J'avisai un banc sur le trottoir d'en face, à quelques mètres d'une brasserie. C'est là que j'attendis patiemment jusqu'à minuit.

C'est fou ce qu'il peut se passer de choses avenue d'Iéna en l'espace d'une douzaine d'heures. On a presque l'impression qu'un embryon d'amibe va accéder à une forme élémentaire de vie. Ou que le portier en uniforme du salon de coiffure pour vieilles peaux va s'éponger le front en soulevant sa casquette d'un air las. Mais c'est juste une impression.

À minuit, un *bzz* a retenti dans le silence carcéral des beaux quartiers et la porte cochère du 67 s'est entrouverte. Une tête est apparue, méfiante et gominée. Puis un pan de veston YSL, une pointe de bottine Armani, et enfin le pli d'un pantalon Cerruti. Dans cet ordre. Visiblement, leur propriétaire éprouvait quelque appréhension à se risquer dans le parc urbain. Son regard m'a scanné mollement, comme si, depuis son porche haussmannien, toute silhouette un tant soit peu voûtée n'avait pas d'impact réel au niveau de sa persistance rétinienne.

Il a fait trois petits pas de nanti sur le trottoir. Comme inquiet. Oui, inquiet de ne pas trouver de taxi.

C'est alors que j'ai aperçu la Mercedes blanche démarrer du rond-point, avec en tout état de cause ses quarante balles de prise en charge bien chauffées au compteur.

Je n'avais aucun moyen d'être sûr qu'il s'agissait de Déliézons, mais quelque chose dans sa manière de tâter en permanence sa poche intérieure gauche me disait qu'il avait des soucis. À moi de les changer en emmerdes.

J'ai traversé l'avenue au pas de course et, quand il est monté dans le taxi en sermonnant le chauffeur, j'ai pris place à ses côtés. Comme ça, très naturellement.

Le conducteur de la Mercedes a hésité un instant, nous jaugeant dans le rétroviseur panoramique. Son client a ouvert la bouche, mais j'ai été plus rapide.

— Monsieur Déliézons, je travaille pour les éditions de la CTI. Vous avez cinq minutes ?

Il a blêmi. Et j'ai dû faire un effort pour arrêter de l'imaginer en sueur sous le corps cabré d'Agnès. Mais j'ai laissé dans le cuir de la banquette quelques empreintes de jointures blanchies qui doivent y être encore à l'heure actuelle. J'avais beau me répéter intérieurement que ces photos n'étaient que des montages, d'odieux clichés truqués, il n'empêche, j'avais eu le malheur de les voir.

Déliézons était prêt à m'accorder plus de cinq minutes. Il a donné au chauffeur une adresse qui ne me disait trop rien. La Mercedes a filé vers le pont Alexandre-III, nous avons frôlé les grilles de l'Assemblée nationale sous le regard déprimé d'un planton, puis j'ai vaguement reconnu la touffe moite du square Boucicaut à l'entrejambe des rues de Sèvres et de Babylone, le carrefour Duroc, le tunnel du Maine, l'église dite d'Alésia, et après j'ai arrêté d'admirer le paysage pour me concentrer sur Déliézons.

Il n'avait toujours pas dit un mot. Il serrait et les dents et les fesses. J'ai toussé, doucement au début, puis plus fort. Il a décroisé les jambes en fermant les yeux. Puis il s'est massé l'arête du nez en soulevant ses lunettes, un geste désabusé qui, visiblement, ne lui apportait plus aucun soulagement.

— Vous êtes Léger ?

J'ai acquiescé en silence. Oui, très Léger.

— C'est Tarnos qui vous envoie ?

*

Tarnos. Monsieur Tarnos. Son entrée dans le local où ils m'avaient tabassé… La cinquantaine, polo rouge et pantalon de flanelle, une tignasse d'ancien rugbyman, l'œil un peu gris, pas assez pour donner du charme à son visage qui, de poupin qu'il avait dû être encore autour de la quarantaine, avait carrément viré au fœtal, avec sourcils épilés et cernes tavelés de mauve.

D'un pas lent, il s'était approché de la table où je gisais. D'une main courte et charnue il m'avait attrapé par les cheveux et tiré la tête en arrière. Il m'avait regardé longuement, histoire sans doute de s'assurer que le sang qui pissait de mes gencives, de mon nez et de mes arcades sourcilières n'était pas du petit-lait. Ni du pus.

J'avais senti mon pouls s'accélérer et mes parties se racornir entre mes cuisses tapissées de sueur. Ce type n'avait pas l'air d'accorder beaucoup d'importance au souffle de vie qui me restait. Et puis il m'a souri. Un vrai sourire d'ami, avec fossettes et tout. Il n'y avait aucune nuance de haine dans ce sourire. C'était un sourire pur, une appellation contrôlée.

Là, j'ai vraiment eu très peur. J'ai compris qu'il n'allait pas me frapper. Qu'il allait juste parler et qu'il saurait trouver les mots qui me donneraient envie de plonger encore plus profond dans la vase où je marinais depuis des heures. Ce type lisait dans mon esprit comme dans un livre ouvert, un livre écrit en très gros caractères, pour myopes, à l'intrigue sommaire, au dénouement accessoire. Il a tout feuilleté en vingt secondes avant de soupirer et de laisser retomber ma tête sur le froid de la table.

Il a regardé sa montre en faisant glisser sa manche sur son poignet rosâtre, très lentement – une caresse épouvantable. Il a porté le cadran à son oreille, plissé le front, recommencé ce manège trois fois de suite.

Les autres ne disaient rien.

Enfin, il s'est dirigé vers le mur de droite, le seul que je pouvais distinguer dans ma position, et a ouvert un placard métallique.

Il en a sorti un attaché-case qu'il est venu déposer sous la table où j'étais allongé.

Le dénommé Richard a commencé à dire quelque chose, mais Tarnos a claqué des doigts, sans même se tourner vers lui, et l'autre s'est tu aussitôt.

Cœurdenave et Bobrummell sont allés s'asseoir sur deux chaises, dans un coin. Je les ai entendus qui croisaient les bras et ce n'était pas un bruit très agréable. Le temps semblait prendre ses aises comme une saleté de virus qui visite son nouvel habitacle.

Tarnos est alors parti.

Une bonne heure s'est écoulée.

Quand il est revenu, il avait changé de polo. Celui qu'il portait à présent était marron crème. Je ne sais pas pourquoi, mais ce détail m'a tétanisé.

— On transpire trop, a-t-il décrété après une minute de silence.

J'ai senti soudain une odeur différente. Il avait dû aller prendre une douche et se changer. C'était la seule explication et elle n'avait rien de rassurant.

— Frédéric Léger, s'est mis alors à susurrer Tarnos, vous avez failli gêner ma digestion. Dans mon métier, on rencontre quantité d'individus des plus divers. La plupart du temps, ces individus ont néanmoins tous un point commun. Ils comprennent les tenants et les aboutissants des affaires dans lesquelles ils évoluent. Quels que soient leurs convictions ou leurs états d'âme. C'est une constante humaine assez digne d'intérêt. La vie peut vous briser, vous jouer des farces, il y aura toujours un petit quelque chose qui continuera de fonctionner et grâce auquel l'instinct de survie se mettra à rebondir. Quand je dis instinct de survie, je veux dire faculté à s'adapter à une situation, aussi problématique soit-elle.

Je ne voyais pas vraiment où il voulait en venir. Mais il choisissait ses mots comme si la dignité de son propos était en jeu. J'ai attendu qu'il reprenne la parole et aille au fond des choses. Ça n'a pas traîné.

— Mais vous, monsieur Léger, vous êtes un cas. Un cas d'espèce, dirai-je. On pourrait évoquer une certaine lenteur d'esprit, mais ce serait faire insulte à vos capacités ordinaires. Non, je crois que vous êtes plutôt quelqu'un de très réfléchi. À la fois de très réfléchi et de très immature. J'apprécie l'immaturité chez certains organismes, en de certaines circonstances. Avec modération, notez bien. Toutefois, il m'est apparu que votre immaturité à vous confinait à l'obstination. Oui, c'est cela. Une obstination malsaine. Je me trompe ?

Ce n'était pas vraiment une question.

— Je continue. Intervenez si vous estimez que j'analyse improprement vos motivations profondes. J'ai cru bon dans un premier temps de mettre cet entêtement et cet aveuglement complaisant sur le compte de votre jeune âge, de votre carrière improbable, de vos soucis. Un enfant mort, des diplômes ridicules, un taux d'alcool élevé, tout ça pouvait s'avérer pesant, je l'ai bien deviné.

Curieusement, au lieu de ressentir une rage sourde exploser en moi, j'ai eu envie de chialer. Et j'ai éprouvé autre chose, aussi. C'était comme si ce parfait inconnu allait m'apprendre la vérité sur moi. Comme s'il était venu me soulager de tous mes maux, me pardonner toutes mes errances. Était-ce le ton à la fois mielleux et las de sa voix ? Sa présence massive et parfumée ? Je me suis aperçu que, l'angoisse aidant, j'étais disposé à croire tout ce qu'il me dirait.

— Et puis j'ai compris qu'il ne s'agissait pas d'une quelconque interaction – excusez ce mot un peu laid, je n'en trouve pas d'autre – entre vos expériences passées et présentes et votre personnalité. Non. Je crois ne pas trop m'avancer en vous disant que ce que j'ai découvert m'a fait… J'allais dire pitié, mais là encore, ce n'est pas ça, pas vraiment.

Il s'est alors tourné vers Cœurdenave et Bobrummell et leur a fait signe de s'approcher.

Mes deux bourreaux ont obéi sans se faire prier. Leurs ombres sont venues se superposer au-dessus de moi et j'ai entendu alors Tarnos soupirer, comme à regret :

— Pétez-lui trois doigts.

Ce qu'ils ont fait. En moins de cinq secondes. Je me suis évanoui.

Quand j'ai repris connaissance, la scène était la même qu'auparavant : les deux sournois sur leurs chaises dans un coin, Richard invisible mais présent à quelques mètres derrière moi, et Tarnos debout, son fin ceinturon à hauteur de mes yeux.

— J'avais, je crois, prononcé le mot de pitié. Et je m'étais repris. Ce petit interlude m'a aidé à affiner ma pensée. Et vous aurez sans doute eu le loisir de vous reposer. Passons sur la douleur, ce n'est qu'un pis-aller.

Je ne sentais plus que ma main, comme si on m'avait accroché des poids de trente kilos à chaque phalange brisée.

— Ce que je voulais dire, monsieur Léger, c'est qu'en vous considérant, disons, en profondeur, je me suis aperçu que, dans toute cette affaire, vous jouiez un rôle que je qualifierais d'excédentaire. On ne ressent aucune pitié pour ce qui est excédentaire.

Ce serait plutôt de l'ordre du désagrément. L'ennui, c'est qu'on ne peut pas se contenter de faire fi de l'excédent. Surtout quand ce dernier se met à s'agiter, bien inutilement, mais à s'agiter tout de même, à créer à la surface de votre univers des rides déplaisantes. Il n'y a pas vraiment danger. Mais à la fois c'est une sensation très perturbante. Et je n'aime pas la perturbation, surtout quand l'agent responsable de ces ondes bien vaines n'est… qu'une… *mite*.

Il avait prononcé ce dernier mot avec une satisfaction évidente. Une mite. Il ne m'insultait pas. Il ne cherchait pas à me faire de la peine. Il m'apprenait qui j'étais vraiment, mon essence profonde, ma nature insoupçonnée. Je lui étais presque reconnaissant. Il avait raison. Je n'étais qu'une mite, une saleté de mite venue faire ce pour quoi elle a été créée dans un monde où, non, vraiment, on n'avait pas besoin d'elle.

— Vous devez savoir, monsieur Léger, que le meilleur moyen de se débarrasser des mites consiste à entretenir une propreté extrême là où l'on ne désire pas qu'elles… Comment dire ?

Il a marqué une pause assez longue et j'ai cru qu'il allait redemander à ses sbires de me briser quelque chose. J'ai même entendu les deux tarés s'agiter sur leurs chaises, preuve que eux aussi avaient l'habitude qu'on fasse appel à leurs talents dès que leur patron avait du mal à trouver ses mots.

Mais ce n'était pas ça. Tarnos a sorti un mouchoir de sa poche. Il s'est mouché assez longuement, sans faire trop de bruit. Puis il a repris :

— … qu'elles PONDENT !

Une note d'hystérie hallucinante dans ce dernier mot. J'ai presque tourné de l'œil.

J'ai senti sa respiration s'accélérer. Il devait encore avoir envie de changer de polo, ou quelque chose dans ce genre.

— Vous irez pondre ailleurs, monsieur Léger. Parce que j'en ai décidé ainsi. Je vais même faciliter, financièrement s'entend, votre migration. Je pourrais vous écraser, mais tout le monde sait bien qu'écraser une mite sur le lieu de son forfait n'a pour seul résultat qu'étaler sa progéniture virtuelle sous son petit cadavre. Et je n'ai pas envie que vous laissiez de traces là où je mettrai le pied. Prenez cette mallette et allez pondre ailleurs. N'oubliez pas, également, d'indiquer à mes hommes l'emplacement de ces autres parasites qui forment votre cercle restreint. Adieu, monsieur Léger. Votre rencontre aura été très instructive. Il serait dommage qu'elle devienne salissante.

Il était une fois une ignoble mite blanchâtre qui avait vu planer au-dessus d'elle l'ombre d'une grosse botte impeccable. Quand l'ombre s'est déplacée, le soleil a disparu. Et la mite s'est aperçue qu'elle puait, qu'elle puait la mite, chose qu'elle avait jusqu'alors superbement ignorée.

18

Le taxi nous a laissés, Déliézons et moi, devant une maison de brique jaune, avec portail ouvragé et jardin à l'abandon. Sur la poubelle adossée au muret d'enceinte, une étiquette annonçait : SARL CTI.

Déliézons n'a pas remarqué mon air abruti. Il fouillait dans ses poches à la recherche de son trousseau de clefs. Il en avait, des clefs. Mais aucune, visiblement, ne comportait de petite tache sanglante. Finalement, il a lâché un juron, m'a fait signe d'attendre et s'en est allé de l'autre côté de la maison. Cinq minutes plus tard, la lumière de ce qui était la cuisine s'est allumée, il y a eu un bruit de verrous qu'on amadoue et la porte à judas grillagé s'est ouverte, me révélant un long couloir faiblement éclairé par des globes Art déco. J'ai suivi Déliézons jusqu'à son bureau.

C'était une pièce rectangulaire, tapissée de photos en noir et blanc. Toutes étaient consacrées au même thème. Mais peut-on vraiment appeler thème l'exécrable bobine de Martin Bormann ? L'ancien secrétaire particulier d'Hitler, dont le corps n'avait jamais été retrouvé au lendemain du 2 mai 1945, bénéficiant ici d'un sanctuaire. Bien. Dans l'état où je me trouvais, aucune déduction hâtive ne s'imposait à mon esprit. Mais je ne doutais pas que Déliézons se ferait un plaisir de m'expliquer pourquoi il avait exposé ce faciès de nazi plutôt que des eaux-fortes de Rembrandt.

— C'est grand-papa ? n'ai-je pu m'empêcher de lâcher.

Déliézons a souri, preuve qu'il avait de l'humour ou qu'il était franchement immonde.

— Asseyez-vous, m'a-t-il ordonné gentiment.

Je me suis affalé sur son Chesterfield râpé et j'ai attendu. J'étais devenu une espèce de champion de l'attente en position assise. Dix-sept heures à l'aéroport, douze heures sur le banc d'Iéna. Allais-je battre mon record et afficher vingt-quatre heures sur du cuir alvéolé ?

— Ce n'est pas Tarnos qui vous envoie, hein ?

Mon grand ami Tarnos devenait une référence incontournable.

— Écoutez, ai-je dit à ce type qui commençait à m'exaspérer, on va laisser tomber les quiz pour débutants. Il y a encore quinze jours j'étais correcteur et, pour tout vous dire, ça m'allait très bien, de la médiocrité sur mesure. Aujourd'hui, je suis une mite. Ça ne m'emballe que moyennement. Alors c'est quoi les éditions de la Convivialité Transactionnelle Interprenariale ? Un deuxième Waco ? La pouponnière du Onzième Reich ?

Il m'a regardé comme si, de stupide qu'il me supposait, j'étais devenu subitement arriéré mental patenté.

— Vous ne le savez pas ?

— Non, je ne le sais pas.

— Vous ne le savez pas ?

Je me suis levé, ai décroché un cadre où on voyait Martin Bormann en train de serrer la main à un type en blouse blanche et je l'ai fracassé sans rien dire sur l'angle de son bureau en noyer.

— Non, je ne le sais pas.

J'appuyai mes propos par des actes concrets, un truc que m'avait appris mon prof de philo.

Déliézons n'a pas bronché, mais une goutte de sueur est apparue comme par magie entre ses deux yeux.

— Bon, je vois, a-t-il fait. Quand j'ai monté les éditions de la CTI, avec l'appui financier de Tarnos, le projet était simple. On publie pendant un an de la soupe transactionnelle d'entreprise, on courtise les gros points de vente, on muscle les offices, on paie l'apéro aux journalistes, bref on fait le gros dos. Passé ce délai raisonnable, on change de cap. La CTI devait jouer les tribunes libres…

— Et le tribun ?

— Norbert Bassag, le théoricien.

Là, j'ai senti comme une onde de choc me prendre en traître et accumuler les fractures dans mes os, lentement et méthodiquement. J'avais posé une question et j'avais eu droit à deux réponses. Bassag, c'était le nom de Leïla, ma concubine d'un soir. Et Norbert, le père, c'était la tête pensante du Renouveau du Peuple Radical, un parti-secte que les médias avaient qualifié de fantaisiste, même si les écrits de Bassag, publiés jusqu'à présent à compte d'auteur et diffusés dans des officines skinheads, exposaient des thèses qui, sans sombrer dans le révisionnisme ambiant, vantaient une nouvelle réorganisation sociale pour le moins inquiétante : la Kultur d'entreprise y était hissée à un degré dogmatique culminant à l'abstraction, ce qui en faisait une arme certes assez inutilisable, mais les schémas d'organisation proposés laissaient sourdement entendre qu'à l'avenir les cadres, plutôt que de se préoccuper du simple rendement de leurs boîtes, se verraient assigner un objectif crucial : décloisonner totalement les notions de vie privée et de vie professionnelle au sein de leurs effectifs. Grâce aux nouvelles techniques de l'informatique, le travail à domicile se ferait au bureau et la vie d'entreprise se déroulerait au domicile. Confondant. D'ailleurs, il n'y aurait plus vraiment de domicile ni de bureau. Juste des unités binaires et nomades dont l'intensité était censée varier en fonction d'impératifs financiers. Une espèce de système de vases communicants qui moudrait gentiment les affects ludiques pour en faire de la farine laborieuse et parerait les pulsions productives d'une patine récréationnelle. Du moins c'est ce que j'avais cru comprendre, suite à des lectures rapides faites chez… Arnaud. Oui, car Arnaud possédait naturellement cette littérature. Au grand complet. Ça le faisait bicher à l'extrême, toute cette théorisation de l'embrigadement humain, cette "vectorisation duale des affects complexes". Maintenant que j'y repensais, je trouvais son intérêt un peu fort de café. Et me disais que Bormann lui-même devait se chatouiller les zygomatiques pour la forme en parcourant les notes lapidaires de son chef. Une constante se dégageait : les vraies ordures ne lisent que distraitement les opuscules des fumiers qui leur laissent les coudées franches.

— … mais il y a eu un hic.

Déliézons avait ouvert un tiroir et sorti un épais dossier rouge. Sûrement pas la suite de *L'Étrange Inculpation de Belinda B.* d'Annette Balandrais, pensai-je avec un brin d'amertume.

— Il y a quelques mois de cela, le 21 janvier très exactement, Tarnos s'est engueulé avec Bassag. Divergences théoriques, en apparence. Tarnos voulait en fait utiliser la caisse noire des éditions pour financer une… expédition punitive.

Il n'a pas l'air très à l'aise, tout à coup. Il attend ma question. Moi aussi, mais elle ne vient pas. Une expédition punitive ? La vendetta en culottes brunes ? J'appréhende.

— Tarnos était très lié avec le trésorier du Renouveau du Peuple Radical. Ils avaient un passé commun, si vous voyez ce que je veux dire : responsables de publicité dans des boîtes d'électroménager dont l'activité principale était la location de milices, petits travaux de plomberie dans les périodes de tensions électorales, etc. Mais le trésorier a commencé à voir grand, et personnel. Il a fait des factures indélicates pour se payer un ou deux députés. Tarnos n'a pas apprécié. D'autant plus que les députés en question avaient mis le doigt dans une très sale affaire.

Je comprenais : le trafic de foies maliens. Mais encore ?

— Alors Tarnos a voulu déboulonner le trésorier et faire exploser cette sale affaire. Mais il lui fallait les moyens. Il ne s'agissait pas simplement de s'introduire chez son ex-ami pour y laisser traîner des documents avant d'appeler les journaux ou de mettre la puce à l'oreille des RG. C'était à la fois plus… expéditif, et plus subtil.

— Je ne veux pas savoir, dis-je instinctivement.

— Bref, Tarnos n'a pas pu mettre sur pied son projet comme il le souhaitait, Bassag l'ayant menacé de l'excommunier publiquement. Et Tarnos, vous l'avez peut-être remarqué, a horreur des vagues.

Nous avions remarqué, mes doigts et moi.

— Il m'a donc chargé de rédiger un texte soi-disant sulfureux, mettant en cause le trésorier et les députés. Tout ça afin de faire sérieusement baliser le grand Norbert. Il était hors de question de le publier, naturellement. Juste de mettre les points sur les i, de rétablir la balance. Mais c'est là que les choses ont commencé à se corser. Notre homme de paille, Vergegen, qui baignait dans l'indifférence la plus crasse quant à nos plans, a disjoncté. Il voulait publier le texte, tel quel. Théoriquement, ce cas de figure n'aurait dû poser aucun problème. Un conseil d'administration vite torché et Vergegen giclait. Malheureusement pour nous, Vergegen a été contacté, on ignore encore comment, par un journaliste qui lui a délié la langue et qui lui a fait miroiter monts et merveilles s'il lui accordait un droit de prépublication de notre document dans ses colonnes. On a mis du temps à retrouver ce fouille-merde. Il avait fréquenté nos rangs quelque temps, mais sans éveiller les soupçons. Même aujourd'hui, on ne sait pas trop pour qui il roule. Bref, quand on a su qu'il risquait d'y avoir des fuites, c'était trop tard. Vous aviez le manuscrit, la situation devenait incontrôlable, il fallait tout reprendre à zéro.

Ça me fait assez bizarre que, quelque part, la somme des facteurs biologiques qui composent ma personne leur ait paru équivaloir à ce *zéro*. Mais je ne leur en veux pas. Eux, au moins, sont lucides.

Déliézons reprend le fil de son discours :

— Tarnos a fait procéder à une enquête sur vous. Il a appris ainsi que vous aviez eu… Bref, que vous étiez… Enfin, vous savez. Fragilité psychologique, tout ça.

Pour corroborer ses propos, je me relève et vais péter un nouveau cadre. Une fois de plus, il reste de marbre. Un vieux fond zen l'empêche de s'étonner, sûrement.

— Et maintenant ?

C'est moi qui ai posé la question. Je ne sais pas trop ce que j'entends par là, mais il va peut-être me renseigner.

— Maintenant ? fait-il d'un air las. Ma foi, si Tarnos vous a laissé partir comme ça, c'est qu'il estime que vous ne représentez plus aucun danger. Le premier jeu d'épreuves sera récupéré, c'est tout.

Récupéré ? Est-ce que cette ordure a la moindre idée de ce que peut signifier une telle "récupération" ? Non. C'est comme pour Martin Bormann. Éliminer, régler, assainir. Nettoyage. Le goût du sang n'est pas à l'ordre du jour. Eh bien, qu'à cela ne tienne, on va le remettre à la mode.

Mais un point me chiffonne encore.

— Et l'autre, là, Leïla ?

— La fille de Bassag ? Une salope. Elle hait son père et nous a proposé ses services sans qu'on lui demande rien. Je ne suis pas sûr que c'était une bonne idée.

Moi non plus.

Il me regarde alors d'un air bizarre.

— Vous ne comptez pas faire de conneries, j'espère ? Qu'est-ce que vous a dit Tarnos, exactement ?

Tout d'un coup, il se met à transpirer abondamment. Comme s'il venait de comprendre qu'il aurait dû être au courant de ma "mise en liberté". Je le vois qui glisse maladroitement une main dans le tiroir du haut de son bureau. Pas la peine de me faire un dessin. Je bondis et, moyennant un vol plané qui balaie agrafeuse et dossiers, m'offre le plaisir de le percuter en pleine cravate. Il part en arrière sur son fauteuil à roulettes en poussant un cri et laisse son souffle collé au mur du fond. D'un coup d'œil je vérifie le contenu du tiroir entrouvert : un paquet de Lucky entamé qui s'ennuie tout seul. Mais peut-être est-il bourré de nitroglycérine ?

— Vous êtes complètement taré ! lâche-t-il en retrouvant son souffle.

Ma réponse le tétanise :

— Vous n'avez encore rien vu.

19

Une semaine a passé. Je n'ai pas bougé de chez moi. J'ai attendu. Des nouvelles d'Arnaud, de Suzette. D'Agnès. Rien.

Le mois de mai s'annonçait radieux. Bourré de jours fériés et d'élections édifiantes. Ma petite radio à piles me déversait toutes sortes d'informations : le Renouveau du Peuple Radical avait appelé au vote blanc, un député connu pour ses amitiés coûteuses s'était suicidé dans sa maison de campagne en plein barbecue mondain, McEnroe ne participerait pas au tournoi de Roland-Garros, le dernier film de Stallone était décevant, le pin's musical tardait à s'imposer.

Et puis, un dimanche, on a frappé à ma porte. Voilà, ai-je pensé, Monsieur Anti-Mites a dépêché deux de ses exterminateurs. Et ce ne sera pas pour m'offrir un aller simple pour Bora Bora. Pas de deuxième tour pour toi, Frédéric Léger. Bas les urnes.

Je n'ai pas eu le courage physique d'aller ouvrir. On a frappé encore une fois, avec entêtement mais sans fureur particulière. Comme si on savait que j'étais là et qu'on allait m'avoir à l'usure.

Ça a duré une bonne demi-heure.

Puis j'ai entendu un bruit de pas décroître dans l'escalier. J'aurais pu, bien sûr, me précipiter à la fenêtre. J'aurais su alors qui venait me proposer un petit suicide bien propre. Mais vous avez déjà vu une mite ouvrir une fenêtre ?

Une heure s'est écoulée.

Alors que je m'apprêtais à allumer la énième cigarette de la matinée, et sans que j'aie perçu la moindre commotion dans l'escalier, j'ai vu une enveloppe blanche apparaître sous ma porte d'entrée, glisser lentement sur les lattes du parquet rayé comme un énorme cachet d'aspirine qu'on pousse gentiment sur votre plateau-repas dans un hôpital psychiatrique.

Une autre heure s'est écoulée. L'enveloppe était toujours là, ce qui en soi n'avait rien d'extraordinaire. Ni de très rassurant. Finalement je me suis levé – un exploit – et, avec une lenteur de joueur d'échecs, je me suis approché du carré blanc. Le rabat gommé en V ne révélait rien. Il allait falloir se baisser et ausculter le recto. Pas une perspective très réjouissante.

J'ai tout de suite reconnu son écriture.

Puis la lecture m'a rendu sourd au monde, aux battements de mon palpitant, au ressac de la salive dans ma gorge nouée :

Fred,

Je voulais te voir pour te dire en face que j'étais à nouveau enceinte. Mais tu n'as pas voulu ouvrir. J'écris ces mots depuis le café en bas de chez toi. C'est quelque chose de très important pour moi, parce que je ne croyais pas un jour connaître ce désir. Ce désir d'enfant. Le partager avec toi est, je sais, impossible. Tu vas même sans doute souffrir. Mais il ne s'agissait pas pour moi d'effacer tout ce qui a été entre nous, simplement de recommencer, comme on doit toujours faire dans la vie. Oui, juste pour rester dans la vie, pas à côté. Tu ne connais pas le père. Tu le rencontreras peut-être un jour. Mais je doute que tu l'apprécies, parce que tu es bête et borné et que c'est comme ça que je t'aimais. Pourtant c'est un homme extraordinaire. Un grand photographe. Il prépare une exposition de photomontages assez cinglée autour d'une célèbre figure nazie. L'art du détournement, tu sais... Appelle-moi un de ces quatre, ça me fera plaisir.

Agnès.

Le peu de curiosité qui avait commencé à germer en moi s'est aussitôt englué dans un haut-le-cœur et j'ai vomi tout ce qu'il me restait de bile et d'effroi, à même le parquet, secoué par une fièvre immense, vomi et vomi encore, tandis que je voyais l'insupportable gueule de Martin Bormann flotter et s'évaser au-dessus de moi comme un champignon atomique. Tout tournait, dans un noir carrousel d'ombres hystériques, des cris de nouveau-né ont retenti à l'étage en dessous, j'ai cru que j'allais y passer, là, bouclé sur moi-même, mite morte, mite morte, mite morte...

*

14 h 02.

J'ai pris une douche. Je me suis rasé. Je me suis aussi coupé. Le sang qui a coulé de la petite entaille sous le menton n'avait aucun goût. Aucun. Ma décision était prise.

Dehors, il faisait beau. L'armurerie, entre le vendeur de bois au détail et la confiserie, allait fermer pour inventaire. Je n'ai pas retenu longtemps le jeune vendeur au sourire niais.

— Ne vous coupez pas avec ça ! m'a-t-il lancé comme je rangeais mon achat dans mon sac à dos.

Il n'a eu pour toute réponse à sa boutade que la vision de mon dos secoué par les sanglots et la rage.

20

Déliézons ne s'attendait pas à me revoir. Pas si tôt. Il n'était pas seul. Sur le canapé, à côté de lui, il y avait Leïla, vêtue d'un débardeur noir et d'un caleçon gris. Ils étaient en train d'écouter un homme dont je ne distinguais que la tignasse fauve au-dessus du dossier Régence où il pérorait.

J'étais entré assez facilement par une fenêtre mal fermée du garage, après avoir escaladé les grilles. Cinq marches en béton m'avaient conduit tout droit dans la cuisine, où, sur la table, trois assiettes blanches attendaient vraisemblablement qu'on y dépose un foie gras encore engoncé dans sa graisse jaune, sur une tablette de bois.

C'est Leïla qui m'a vu en premier. Elle a tout d'abord écarquillé ses yeux soulignés au khôl puis, m'ayant reconnu, ses seins se sont soulevés d'un bon centimètre et elle a porté une main tremblante à la racine de ses cheveux. Déliézons, concentré sur le bourrage de sa pipe, a dû sentir qu'il se passait quelque chose, il a commencé à se tourner vers Leïla, puis a remarqué ma silhouette à contre-jour sur le seuil de la cuisine, à moins de trois mètres du fauteuil où se tenait toujours leur invité. Ce dernier s'est tu brusquement. J'ai perçu comme un froissement d'alpaga et compris que le léger mouvement de son coude gauche était annonciateur de catastrophe. Il m'a fallu moins de deux enjambées pour arrêter son amorce de geste et appuyer contre sa carotide la lame délicieusement dentelée du couteau de combat.

— Tu poses tes mains sur les accoudoirs. Et très lentement ! ai-je crié.

Mon hurlement a paru effrayer les deux autres davantage que la vision de l'arme flambant neuve.

L'inconnu a obtempéré avec la sagesse d'un tueur professionnel. Ça ne m'a pas trop rassuré, cette maîtrise de soi. Mais pour ce que je comptais faire et dire, mon sens de la psychologie pouvait bien aller se coucher.

— Frédéric, lâche cette arme, tu n'as rien compris…

C'était Leïla. Un goût écœurant de piñacolada m'est remonté à la bouche. Je me suis dit qu'elle serait la plus facile à égorger. Je l'ai pensé et je l'ai vraiment cru. J'ai pensé aussi à ce moment-là : Regarde-les bien, Frédéric, regarde-les attentivement ces monstres, ils ont tous comploté pour faire un enfant à Agnès, chacun a prêté un peu de sa semence brune pour que le poison se change en vie et que la vie s'installe dans le ventre d'Agnès, comme une pourriture noble que le temps va magnifier jusqu'à l'horreur. J'ai pensé ces mots, je les ai trouvés dans ma tête, trouvés et pesés, comme si j'écrivais quelque chose de définitif, qui devait survivre à ma folie, comme si la précision un peu irréelle de ces phrases était l'unique témoin de ma réalité à moi.

Et puis j'ai commencé à appuyer plus fort la lame contre la gorge du type dont je n'avais toujours pas vu le visage. L'arête de mon pouce sentait pulser sa pomme d'Adam. Un sang chaud a très vite marbré mes phalanges. Déliézons a vaguement décollé son cul d'ordure vivante du canapé, tandis que Leïla serrait ses avant-bras contre ses seins.

— Arrêtez tout de suite, a murmuré ma victime d'une voix étonnamment calme.

J'ai cessé d'appuyer mais je n'ai pas retiré la lame. Je n'y voyais plus rien. Il m'a semblé alors que Leïla se levait et se dirigeait vers une armoire, au fond du bureau. Je crois que Déliézons était allé vomir, j'entendais confusément un bruit de glaires qu'on expulse, mais ce n'était peut-être qu'un bruit de moteur, plus loin, dans une rue, je ne savais pas trop, je sentais que le sang de l'autre salaud figeait et refroidissait à l'intérieur de ma paume, là où le cuir du couteau commençait à imprimer ses motifs crantés.

Brusquement, comme si une courroie en moi avait lâché, j'ai rempoché le couteau, sans même l'essuyer. Je me suis dirigé vers le minibar et me suis servi un verre d'alcool, du Defender, je crois. Je n'avais toujours pas regardé le type que j'avais failli égorger. Il n'avait pas bougé d'un millimètre. Finalement, j'ai vidé mon verre, me suis frotté les yeux pour en chasser l'affreux kaléidoscope qu'y avaient imprimé les multiples clichés de Martin Bormann, toujours accrochés sur les murs de la pièce, et j'ai fait face au génial photographe.

La ressemblance ne m'a pas tout de suite frappé. Le nez était plus long, le sourcil plus fourni. Mais c'était bien la même mâchoire teigneuse, le même front soucieux. La même aptitude au sarcasme dissimulée sous le même charme insupportable.

— Vous ne saviez pas qu'Arnaud avait encore son père ? m'a-t-il demandé d'une voix aux accents rouillés. Il ne vous parle jamais de moi ?

— Non. Nous ne parlons jamais famille.

C'était vrai.

— Alors je crois qu'un peu de généalogie s'impose.

Il s'est levé. Le sang avait fait croûte sur le devant de sa chemise de soie bleue. Il m'a rejoint près du minibar en acajou et s'est versé un grand verre de cognac. Il l'a réchauffé longuement entre ses grosses mains aux ongles impeccables.

— Vous ne vous appelez pas Straus, comme lui ? ai-je demandé bêtement.

Je pensais à Agnès et j'avais mal.

— Non, Straus est le nom de sa mère. Moi, c'est Breker. Nous avons jugé préférable qu'il porte le sien plutôt que le mien. Encore que, Arnaud Breker, ça aurait pu être amusant. Mais mon lien de parenté avec l'illustre sculpteur du Troisième Reich n'est que fort vague, même s'il n'est pas inexistant. Du lointain cousinage, à vrai dire, le sang n'y retrouverait pas ses marques. Mon père, Otto Breker, n'avait aucun goût pour l'art. C'était pourtant un remarquable chirurgien, le plus doué de sa génération. Hitler avait même envisagé à une époque de lui demander une petite intervention – il trouvait ses lobes d'oreilles trop longs.

Pourquoi me disait-il tout ça ? Pour me torturer ? Et puis j'ai compris où il voulait en venir. Martin Bormann. Disparu le 2 mai 1945 sans qu'on ait jamais pu prouver son décès.

— C'est lui qui a donné à Bormann son nouveau visage, c'est ça ? ai-je fait avec plus de certitude que je ne voulais en mettre dans ma voix.

— Vous comprenez vite, Léger. À moins que ce ne soient l'alcool et la frousse monumentale que vous ressentez qui activent vos neurones. Martin n'a jamais payé la dette qu'il devait à mon père. Mais je me suis chargé de la lui rappeler quand il est venu s'installer à Paris, dans les années soixante, après un long exil aux États-Unis.

— Aux États-Unis ?

— Oui, il s'est fait passer pour juif et a vécu à Brooklyn au milieu des hommes et des femmes dont le destin avait échappé à sa vaste intelligence. C'est alors qu'il a commencé à perdre la raison. Enfin, c'est un point de vue. Il a fréquenté les synagogues, adopté les coutumes de ses anciennes victimes. Il s'est monstrueusement enjuivé, pour parler crûment.

"Enjuivé" ? Il avait prononcé ce mot comme s'il s'agissait d'une incompréhensible mue, d'une dégoûtante mutation. Je me suis alors aperçu que Leïla était juste derrière moi. Lentement, elle a passé ses bras autour de mon torse et j'ai senti son souffle dans mon cou. Le début d'érection qui s'est emparé de moi m'a définitivement convaincu qu'il y avait en l'homme quelque chose de profondément ignoble. Mais je n'ai pas repoussé cette fille étrange. Je n'en avais pas le droit. Je n'étais qu'une mite, plus pour longtemps, mais encore pour quelques minutes, sans doute, et je voulais savoir précisément ce qu'une mite peut…

— Martin a débarqué à Paris à l'automne 1962. C'est par hasard que je l'ai rencontré. Le reconnaître a été très facile. Mon père l'avait photographié sur la table d'opération avant qu'il ne se réveille et m'avait confié le négatif avant de mourir. C'est le premier négatif que j'ai développé. La naissance d'une vocation, en somme. Quand Martin a su qu'un Allemand l'avait identifié, il n'a pas eu peur. Il m'a serré la main et m'a dit que nous ne devions pas éprouver de remords. Nous devions, selon lui, devenir juifs à notre tour. C'était là notre seul salut. Il m'a parlé de son grand projet : convertir six millions d'Allemands au judaïsme. J'aurais ri s'il n'avait été aussi pathétique, aussi sérieux.

Dans l'état où je me trouvais – le scotch qui palpitait en chacune de mes extrémités, le parfum épicé de Leïla comme un chant obsédant, une main toujours crispée sur le manche du couteau glissé dans ma poche –, le "grand projet" de Martin Bormann m'apparaissait comme une fable odieuse et néanmoins fascinante. J'étais presque avide d'interroger Breker sur les ramifications de cette entreprise quand soudain j'ai pensé à Agnès. Quel rôle venait-elle jouer dans tout ça ? C'était ça la seule question que je devais élucider – tout le reste ne pourrait se résoudre que dans la tripe à ciel ouvert.

— Agnès ? ai-je croassé.

Leïla a accentué la pression de ses mains sur mon abdomen. Voilà, ai-je pensé, tu connais enfin la vérité de l'amour. C'est l'instant où ton ennemi aime en toi ce que tu hais le plus, où ton ennemi rend aimable ce qui te révulserait en temps normal. Où tu trouves à ton tour aimable cette compromission. C'est autre chose que le sexe, et tu le sais. J'ignore pourquoi, mais la petite phrase assassine de Nina, ma saphique kiosquière, m'est alors revenue, comme un avertissement qu'affiche un ordinateur courroucé : "Laisse le désir aux chiens, Frédéric !" Ma queue a cessé de battre la chamade.

— Agnès ? Ah oui… Oh, le hasard des rencontres, vous savez ce que c'est.

— Non, je ne sais pas. Et je ne crois pas à ce genre de hasard.

— Vous avez tort, Léger.

Il disait vrai. Ce monstre disait vrai. Il avait rencontré Agnès par le plus pauvre, le plus infirme des hasards. Ce n'était que ma grotesque et vaine existence de mite pensante qui rendait toute cette situation légèrement ahurissante. Moi seul rendais certaines coïncidences sinistres. Il devait vraiment l'aimer. Pourquoi n'aurait-il pas été capable de l'aimer ? Je savais désormais ce que valait l'amour : moins qu'un jappement, un peu plus qu'un coup de laisse. À quoi bon s'étonner, s'obstiner à s'étonner, persister à comprendre ? Prends garde, Frédéric, tu es là pour donner au réel une raison de ne pas se dissoudre. Ne rate pas ton coup.

Otto me faisait face. Leïla venait juste de glisser une main brûlante sous ma ceinture, ses longs ongles crépitaient déjà sur mon bas-ventre comme de l'électricité statique. J'ai cligné des yeux, puis j'ai enfoncé la lame de trente centimètres de long dans le ventre de Breker. Au même moment Déliézons est entré dans la pièce, une serviette éponge à la main, le visage livide.

J'ai senti les doigts de Leïla se refermer sur mon sexe et je me suis dit : si tu jouis, tu es un homme mort.

21

On était le 21 mai. Je commençais à me faire une certaine idée de la France. Et même des hommes. Nous étions chez Suzette. Arnaud était fin soûl, mais bougrement en vie. Agnès s'était assoupie sur le canapé en écoutant le dernier disque de Kat Onoma. Il était une heure et demie du matin et le coq au vin préparé par notre hôtesse commençait à nocer sérieusement avec les quatre bouteilles de château-chicane que nous avions vidées sans joie profonde ni amertume forcée. Un peu plus tôt, en fin d'après-midi, j'avais pris un verre avec M. Tarnos à la Coupole…

*

— En somme, vous êtes un assassin ? m'avait-il lancé en s'asseyant au milieu du brouhaha ambiant.

C'était lui qui m'avait fixé ce rendez-vous.

— Oui, avais-je répondu en caressant la bouteille renflée où pétillait bêtement mon eau minérale.

— C'est mieux qu'une mite. Je ne vous demande pas ce que vous avez fait de l'argent, je vous crois assez stupide pour vous en être débarrassé.

— Vous auriez préféré que je fasse du trafic d'armes au Harrar ?

Il a souri et s'est mis à réciter des vers :

— *Plein de lourds ciels ocreux et de forêts noyées,*
De fleurs de chair aux bois sidérals déployés...

Cultivé avec ça, le fumier. Il m'aurait presque fait sourire si je n'avais eu quelques doigts dans le plâtre. Mais on ne se débarrasse pas si facilement de ses ennemis. Il arrive même parfois qu'on couche avec eux, j'en savais quelque chose.

— Monsieur Tarnos, pourquoi n'avez-vous jamais essayé de retrouver mes amis ?

Cette question, je brûlais de la lui poser depuis des jours, mais je doutais que la réponse me fît plaisir.

— Pourquoi ? Si je vous dis que je vous ai cru quand vous m'avez dit avoir jeté le jeu d'épreuves, vous me croyez ? Non. Et vous faites bien. Parce que moi, ce que j'ai lu dans votre regard ce jour-là, à la Défense, c'est que vous l'aviez perdu, ce manuscrit, comme pas mal d'autres choses, d'ailleurs.

— Alors pourquoi ces menaces ?

— Il est toujours intéressant de voir à quel point détruire une vie peut réveiller certaines potentialités.

Je marquai un silence prolongé. Se pouvait-il qu'une salope pareille puisse accoucher de demi-vérités aussi déroutantes ?

Il fallait que j'insiste, que je sache.

— Mais Arnaud ? Déliézons a dit qu'il était impliqué dans...

— Il n'a jamais mentionné ce nom. Il a dit : un journaliste. Je crois que votre psyché a comblé certains blancs avec ce qu'elle détenait de plus noir.

La vision d'un damier pavé de chausse-trapes m'a presque fait sourire. Ça ressemblait bien au cerveau, dans le fond.

— Vous avez vraiment cru tout ce qu'il vous racontait, ce taré de Breker ? enchaîna soudain Tarnos. Qu'il était le père de Straus, tout ça ?

— Au début, oui. Il y avait cette ressemblance.

— Quelle ressemblance ?

— Eh bien, je ne sais pas, mais il y avait quelque chose, dans le menton, et puis le front, aussi.

— Vous aviez pris des trucs avant d'aller là-bas ?

Des trucs ? Tarnos se laissait aller, décidément. Son côté humain, sans doute.

— Du Guronsan. Pas mal.

— La police, elle, ne lui a trouvé de ressemblance qu'avec Rémi Pépin.

Je savais. Rémi Pépin, faussaire récidiviste en tout et pour tout. Graphologue de formation, d'obédience schizophrène. Imiter l'écriture d'Agnès avait été pour lui un jeu d'enfant. Et fournir de la trésorerie de singe au Renouveau du Peuple Radical une activité comme une autre.

— À quel moment avez-vous compris qu'il délirait ? m'a demandé Tarnos en faisant signe à un serveur de nous resservir la même chose : bulles pour moi, jus de légume pour lui.

J'aurais pu lui dire que mon illumination m'avait été fournie par la vérité insoutenable des caresses de Leïla, mais ce n'aurait été qu'une dérobade.

— Il n'a commis qu'une erreur, expliquai-je. La façon dont il a prononcé le nom d'Agnès.

— Je ne saisis pas.

— Il a juste dit son nom comme s'il le prononçait pour la première fois. Ça peut paraître un peu mince comme indice, mais sur le moment, j'ai su qu'il mentait, qu'il ne la connaissait pas.

— Vous êtes complètement fou, ou alors vous aimez tellement cette fille que vous atteignez à la sagesse suprême.

Il pouvait dire ce qu'il voulait, mon cher fumier Tarnos, ça ne changerait rien au fait que j'avais planté un couteau de combat qui ne figurerait jamais à l'inventaire de l'armurerie de mon arrondissement dans le ventre d'un psychopathe qui avait fait du révisionnisme un art consommé. Un psychopathe qui allait finir ses jours dans un asile, le ventre recousu mais le cerveau définitivement lavé.

— Et Leïla, elle savait ? a-t-il demandé, songeur.

— Leïla est une arabesque, dis-je avec sincérité.

Tarnos n'a pas eu l'air de comprendre.

— Je croyais que c'était une salope.

— Vous vous trompez. Elle a quinze ans, c'est tout, même si elle en paraît vingt et un.

— Quinze ans ? Merde alors…

Il a bu son jus de tomate comme s'il y manquait quelques décilitres de vodka, puis s'est exclamé :

— Et alors, ce n'est pas parce qu'on a quinze ans qu'on a le droit d'être irresponsable à ce point.

— Vous ne comprenez toujours pas. Leïla est… comment dire ? Imaginez un instant que votre père vous pollue mentalement depuis l'âge de quatre ans, que votre mère soit incapable de faire autre chose que des quiches à la rhubarbe et qu'un jour on vous persuade que vous pouvez influer sur le cours des événements.

— Vous lui trouvez des circonstances atténuantes, à cette furie ?

— Ce que je veux vous dire, monsieur Tarnos, c'est que Leïla représente pour moi une forme inédite de bonheur.

— Elle vous fait bander, c'est ça ?

Voilà qu'il se mettait à parler comme un oncle un peu éméché.

— Vous n'y êtes pas du tout. Comment vous expliquer ça ? Si je vous disais qu'elle justifie tous les gestes que je n'oserais jamais faire, ça vous éclaire davantage ?

— Non.

— Je sais, c'est du langage de mite pour vous, tout ça.

— En un sens, oui. Mais je crois que j'ai encore beaucoup à apprendre des mites, même si ça ne m'enchante guère. Ah, au fait, vous savez ce qui est arrivé à Vergegen ?

— Non.

— Il a proposé à Déliézons un nouveau contrat. J'ai téléphoné à ce dernier pour lui dire qu'il avait intérêt à se mettre au piano. Je lui ai même envoyé une partition de Schubert. *La Jeune Fille et la Mort*. Il a déménagé le soir même.

— Il a emporté les photos de Bormann ?

— Vous rigolez ? Des parents de Breker les ont récupérées dès qu'ils ont su où elles se trouvaient. Je ne pense pas qu'ils vont les exposer avant plusieurs siècles. Dommage…

Je n'ai pas relevé.

— Et vos députés, ai-je fait tout à trac, ils donnent toujours dans le foie malien ?

Tarnos a éclaté d'un rire tonitruant. Puis il a froncé les sourcils en s'apercevant que son hilarité avait généré la projection de quelques postillons sur son polo mauve.

— Les pauvres ! Ils n'étaient même pas au courant. Vous croyez qu'ils auraient réinjecté de pareilles sommes dans une telle campagne électorale s'ils avaient su qu'elles provenaient d'un trafic d'organes ?

— Oui.

— Vous le croyez, hein ?

— Oui, fis-je sincèrement.

— Eh bien détrompez-vous. L'intermédiaire anonyme qui leur avait fourni ces... subsides s'était contenté de mentionner des saisies en douane. De la blanche, s'entend.

— J'entends, ai-je marmonné en posant un billet de vingt francs sur la table et en me levant.

— Vous partez déjà ?

— Pourquoi ? Vous comptiez me briser un autre doigt ?

Nouvel éclat de rire.

— Alors adieu, Léger. Et saluez Leïla si vous la croisez.

— Ça m'étonnerait.

— Qu'est-ce qui vous étonnerait ? Que vous la croisiez ou que vous la saluiez de ma part ?

— Voilà, je crois, un beau sujet de réflexion pour votre soirée, Tarnos. Au plaisir de ne pas vous revoir.

Il m'a agrippé par la manche et m'a attiré vers lui. J'ai senti son odeur amorale et doucereuse. Il m'a fixé dans les yeux avec une tristesse étrange, comme s'il refusait de perdre un ami – ou de laisser s'envoler un insecte qu'il avait cru jusqu'à présent dépourvu d'ailes.

— Vous savez, Léger, six millions de boches convertis au judaïsme, ça ferait un marché intéressant, non ? Vous avez des projets après l'été ?

*

Agnès a bougé dans son sommeil au moment où le groupe de rock attaquait sa version catatonique de *Wild Thing*. Arnaud commençait à sérieusement draguer Suzette à grand renfort d'une gestuelle digne de Buster Keaton.

Je me suis levé en titubant et j'ai parcouru l'immense mètre qui me séparait d'Agnès. J'ai tendu la main et j'ai caressé son ventre, très doucement, comme on caresse un petit renflement de terre où, un jour, on sait que fleurira quelque chose, mais quoi ? Puis j'ai pris mon blouson de cuir et j'ai fait signe à Arnaud qu'un peu d'air frais nous ferait du bien.

Suzette a soupiré de soulagement. Nos regards se sont croisés. Elle a levé les deux mains et imité le geste d'une fermière qui trait une vache, puis a haussé les sourcils d'un air interrogateur.

J'ai tout de suite compris. J'ai désigné la poubelle qui trônait sous son bureau et fait le bruit d'une bombe silencieuse avec les lèvres. Elle n'a pas ri. De savoir que le jeu d'épreuves du best-seller qu'elle m'avait confié moisissait quelque part dans une décharge municipale ne l'amusait que très moyennement. Elle a tiré la langue puis s'est penchée pour attraper sous la table basse une cassette vidéo qui n'attendait que notre départ pour être avalée par son magnétoscope : *Deeply, Truly, Madly*. Elle voulait vérifier un ou deux trucs.

*

Arnaud n'était pas disposé à dessoûler. Il voulait à tout prix qu'on écrive un bouquin ensemble, un truc philosophique, où le monde serait comparé à une boîte noire et l'être humain à un aviateur ivre mort, quelque chose dans ce goût-là, avec des tas d'illustrations en couleurs et de la publicité déguisée pour une marque de bière. Je lui ai rappelé l'histoire de la Bibliothèque nationale, histoire d'accélérer son dégrisage.

— Tu m'en veux encore, bafouilla-t-il. C'est pas juste. J'avais repéré ce vélo depuis au moins une heure. Mais au moment où j'ai enchourfé sa melle… euh, merde, enfourché sa selle, voilà que ce pouilleux de Batave s'est mis à brailler en anglais et que le planton du carrefour Rivoli…

— Ça va, ça va, Arnaud, je te crois. Mais ce que je ne comprends toujours pas, c'est pourquoi tu as laissé ce Breker utiliser ta chambre noire.

— Je sais pas trop. Il avait un air de famille…

Je l'ai regardé pour voir s'il était sérieux, mais il venait d'aviser notre amie Nina qui sortait d'une boîte de nuit. On a fini la nuit chez moi, à se lire des poèmes incroyables qu'on avait écrits dix ans plus tôt, quand le vieux monde ne nous courait pas encore trop sur le haricot existentiel.

Au matin, il était trois heures de l'après-midi. Leïla avait laissé un message sur mon répondeur, mais je ne l'écoutai pas en entier et l'effaçai aussitôt. Arnaud et Nina dormaient encore. Je leur ai laissé un mot leur disant qu'ils n'avaient qu'à claquer la porte derrière eux.

*

Je suis allé à tâtons au bistrot Chez Germaine. En me voyant arriver l'air un peu hagard, Monsieur Paul a souri. Pas peu fier, il m'a montré un drôle de petit arbuste, plutôt malingre, mais doté d'embryons de fleurs franchement émouvantes.

— Le quetschiier de monsieur Léger ! a-t-il lancé à la cantonade.

La cantonade en question se résumait à un serveur – un vrai Cosaque, à en croire Monsieur Paul – et deux clients qui avaient passé l'âge de voter.

— Je viens régler ma note, ai-je annoncé.

— À la bonne heure. Vous voulez de la lecture, en attendant les croissants ? J'ai pas reçu *Le Parisien*, mais j'ai là un truc qui vous intéressera peut-être, vous qui êtes dans l'imprimé.

— Donnez toujours.

Monsieur Paul a reposé la carafe qu'il s'évertuait à astiquer depuis mon arrivée et a contourné le comptoir en formica. Il a farfouillé un bon moment entre des cageots puis s'est relevé, le visage écarlate, en brandissant un épais dossier marron.

— J'ai essayé de le lire, a-t-il susurré d'un air de conspirateur. Mais j'ai entravé que dalle. Je préfère de loin le roman de l'autre, là, la Balandrais, que ma sœur m'a acheté pour mon anniversaire.

J'ai tendu la main comme dans un rêve et il m'a remis le jeu d'épreuves que j'avais oublié quelques millénaires plus tôt. Il était maculé de vinasse et de cloques d'eau savonneuse.

Inquiet devant la lividité soudaine qui s'était emparée de mon visage comme une colle froide répandue sur un masque mortuaire, Monsieur Paul s'est mordillé la lèvre supérieure.

— L'avez déjà lu ?

J'avais du mal à répondre à sa question. Plutôt que de bafouiller, je me suis permis de lui emprunter son Bic et d'inscrire les lettres B.À.T. sur la première page des épreuves.

— Ça veut dire quoi ?

Il s'était penché par-dessus mon épaule.

— Bon à tirer. C'est pour l'imprimeur. Le feu vert, si vous voulez.

— Ah. Faudra que je le dise au pharmacien, c'est lui qui me l'a apporté l'autre jour.

— Il l'avait lu ?

— J'crois bien ! Même qu'il a dit : C'est écrit, mais ça sent mauvais.

BABEL NOIR

Extrait du catalogue

43. FRANÇOIS WEERTS
Les Sirènes d'Alexandrie

44. PETER MAY
L'Éventreur de Pékin

45. LEIF DAVIDSEN
La Chanteuse russe

46. CORNELIA READ
Champs d'ombres

47. SIMON LEWIS
Trafic sordide

48. CARLOS SALEM
Nager sans se mouiller

49. KJELL ERIKSSON
La Princesse du Burundi

50. KEIGO HIGASHINO
La Maison où je suis mort autrefois

51. PETER MAY
L'Île des chasseurs d'oiseaux

52. STIEG LARSSON
Millénium II – La fille qui rêvait d'un bidon d'essence et d'une allumette

53. BEN PASTOR
Lumen

54. LUIZ ALFREDO GARCIA-ROZA
Une fenêtre à Copacabana

55. LALIE WALKER
Les Survivantes

56. LEIF DAVIDSEN
Un Russe candide

57. DAN WADDELL
Code 1879

58. PASCAL VATINEL
Parce que le sang n'oublie pas

59. SÉBASTIEN LAPAQUE
Les Barricades mystérieuses

60. LOTTE ET SØREN HAMMER
Morte la bête

61. CAMILLA LÄCKBERG
La Princesse des glaces

62. MORLEY TORGOV
Meurtre en *la* majeur

63. KYLIE FITZPATRICK
La Neuvième Pierre

64. LOUISE PENNY
Nature morte

65. SEICHÔ MATSUMOTO
Un endroit discret

66. NELE NEUHAUS
Flétrissure

67. JÓN HALLUR STEFÁNSSON
L'Incendiaire

68. JAN COSTIN WAGNER
Lune de glace

69. HERVÉ CLAUDE
Les ours s'embrassent pour mourir

70. KEIGO HIGASHINO
Le Dévouement du suspect X

71. CAMILLA LÄCKBERG
Cyanure

72. STIEG LARSSON
Millénium III – La reine dans le palais des courants d'air

73. VÍCTOR DEL ÁRBOL
La Tristesse du Samouraï

74. PETER MAY
L'Homme de Lewis

75. YISHAÏ SARID
Le Poète de Gaza

76. DAN WADDELL
Depuis le temps de vos pères

77. XAVIER-MARIE BONNOT
Le Pays oublié du temps

78. CARLOS SALEM
Je reste roi d'Espagne

79. JEAN-PAUL JODY
Parcours santé

80. CORNELIA READ
L'École des dingues

81. PETER GUTTRIDGE
Promenade du crime

82. OLIVIER BARDE-CABUÇON
Casanova et la femme sans visage

83. LEIF DAVIDSEN
À la recherche d'Hemingway

84. LARS KEPLER
L'Hypnotiseur

85. CAMILLA LÄCKBERG
Le Prédicateur

86. RYAN DAVID JAHN
De bons voisins

87. MONICA KRISTENSEN
Le Sixième Homme

88. CHRISTOPHE ESTRADA
Hilarion

89. COLIN NIEL
Les Hamacs de carton

90. LOUISE PENNY
Sous la glace

91. DMITRI STAKHOV
Le Retoucheur

92. CAMILLA LÄCKBERG
Le Tailleur de pierre

93. JULIA LATYNINA
Caucase Circus

94. KJELL ERIKSSON
Le Cri de l'engoulevent

95. JEAN-FRANÇOIS VILAR
Bastille Tango

96. JAN COSTIN WAGNER
Le Silence

97. KEIGO HIGASHINO
Un café maison

98. LOTTE ET SØREN HAMMER
Le Prix à payer

99. NELE NEUHAUS
Blanche-Neige doit mourir

OUVRAGE RÉALISÉ
PAR L'ATELIER GRAPHIQUE ACTES SUD
REPRODUIT ET ACHEVÉ D'IMPRIMER
EN DÉCEMBRE 2013
PAR NORMANDIE ROTO IMPRESSION S.A.S.
À LONRAI
POUR LE COMPTE DES ÉDITIONS
ACTES SUD
LE MÉJAN
PLACE NINA-BERBEROVA
13200 ARLES

DÉPÔT LÉGAL
1re ÉDITION : JANVIER 2014
N° impr. : 134672
(Imprimé en France)